Angie Westhoff

DER GEHEIME CLUB

PINK • Ein Imprint von Oetinger Taschenbuch

Außerdem von Angie Westhoff bei **PINK** erschienen:

Heldengeburtstage
Rockprinzessin

PINKpressum

PINK • Ein Imprint von Oetinger Taschenbuch

1. Auflage 2015

Originalausgabe

Umschlaggestaltung: Hauptmann & Kompanie Werbeagentur, München
Zitat auf Seite 10 aus: Einstein sagt. Zitate – Einfälle – Gedanken.
Hg. von Alice Calaprice, Piper, München/Zürich 2007, Seite 200.
Zitat auf Seite 91 aus: Alfred Döblin, Berlin Alexanderplatz,
Fischer Verlag, Frankfurt/Main 2013, Seite 510.
Druck: GGP Media GmbH, Pößneck
ISBN 978-3-86430-042-4

FSC www.fsc.org
MIX
Papier aus verantwortungsvollen Quellen
FSC® C014496

www.pinkupyourlife.de

01

Vorahnungen sind die kleinen Fenster in eine mögliche Zukunft. Manchmal kann man durch eins von ihnen hindurchsehen, man muss sich nur trauen.

ES WAR EIN HEISSER TAG. Lisa hatte sich einen Korbstuhl auf den Bürgersteig gestellt, in den Schatten der Hauswand, wo es kühler war. In der Stadt staute sich die Hitze, die meisten hatten die Flucht ergriffen, waren in die Berge oder an den See gefahren, und die Straßen schienen so ausgestorben wie in einem Science-Fiction, nachdem ein Meteorit oder eine überirdische Macht alles Leben ausgelöscht hatte.

Sie ließ sich in den Korbstuhl fallen und streckte die Beine weit von sich. Kein Laut weit und breit, nirgendwo das Geschrei kleiner Kinder oder das Knattern von Mopeds. Aus der Ferne waren nur verschwommen die Leute in den Straßencafés zu hören, gedämpft brandete ihr Lachen gegen die Häuserwände wie kleine Wellen überschäumenden Glücks.

Es herrscht eine seltsame Stille, dachte Lisa, die Ruhe vor dem Sturm. Blinzelnd sah sie in die Sonne. Ob sich ein Gewitter ankündigt? Und im Vorfeld bereits jeden Laut verschluckt? So war es doch meistens: Erst flogen die Schwalben tiefer, dann herrschte Windstille, und das Rauschen der Blätter in den Bäumen verstummte. Und wenn alles ganz leise war, knallte es plötzlich. Dann kamen die Blitze und der Donner, und ein gewaltiger Sturm setzte ein.

Lisa schüttelte den Kopf, nein, das sah nicht nach einem Gewitter aus. Und dennoch hatte sie das Gefühl, als läge etwas in der Luft. So wie der Geruch von Kartoffelfeuern im Herbst oder ein heißer Luftstrom aus der Sahara. Nur unheimlicher und deutlich unerklärbarer.

Du siehst Gespenster, sagten ihre Eltern in solchen Momenten. Weil sie nicht verstehen konnten, dass ihre Tochter über die Gabe verfügte, Dinge zu bemerken, die außer ihr niemand sah. An dem Tag, als die alte Frau Schmolles die Kellertreppe hinunterstürzte und sich den rechten Oberschenkel brach, war Lisa bereits beim Frühstück unruhig gewesen. Und als ihre Eltern den Job in Brasilien angeboten bekamen, wusste Lisa schon beim Aufwachen, dass dieser Tag für ihre Eltern phantastisch, für sie dagegen eher schwierig werden würde.

»Hier bist du also.« Onkel Quentin steckte den Kopf durch die Tür seines Trödelladens und grinste seine Nichte an. »Mitten auf der Straße und dann auch noch in dieser Hitze.«

»Du kannst mir gerne einen Sonnenschirm bringen«, sagte Lisa. Kurze Zeit später ließen die polternden Geräusche im

Laden darauf schließen, dass Quentin tatsächlich nach einem mottenzerfressenen Schirm oder einem alten Sonnensegel suchte.

Lisa schüttelte den Kopf und lachte, ihr Onkel war einfach super. Seit vier Monaten lebte sie nun hier bei ihm, in München, und sie hatte sich noch keine Sekunde lang unwohl oder überflüssig gefühlt.

Sie blickte noch einmal zum Himmel, nein, kein Gewitter. Dennoch war irgendetwas anders heute, seltsam und ungewöhnlich. Sie lauschte den leisen Gesprächsfetzen, die von den Straßencafés herüberwehten, beobachtete eine Krähe, die über die Straße hüpfte, als hätte sie sich die Krallen verrenkt, und blickte die Hauswände hinauf: Jalousien, die zur Hälfte heruntergezogen waren, weit geöffnete Fenster und Vorhänge, die im leisesten Windhauch träge flatterten. Der Sommertag hatte die Stadt in einen Backofen verwandelt. Von Touristen oder Menschen auf Shoppingtour war weit und breit nichts zu sehen. Die Gemüsehändler hatten die Holzgestelle mit den Obstkisten ins Innere ihrer Läden gestellt. Und auch die Hundebesitzer kamen heute nicht, wie sonst, hier vorbei. Sie waren mit ihren Waldis und Bronkos im nahe gelegenen Stadtpark und suchten im Schatten der Bäume Abkühlung.

»**Es wird etwas passieren**«, sagte Lisa, als Onkel Quentin wenig später mit einem zweiten Stuhl auftauchte, einen alten Langnese-Schirm aufspannte und sich neben sie setzte.

»Warum glaubst du das?«, fragte Quentin. Kein Sterbenswort über vermeintliche Gespenster, die sie sah. Über zu viel Phantasie oder die verrückten Ideen einer Jugendlichen.

Quentin nahm immer alles ernst, was er hörte, und das war für einen Erwachsenen schon eine außergewöhnliche Sache.

Lisa schüttelte den Kopf. »Ich kann es nicht beschreiben. Alles ist heute irgendwie anders. Und damit meine ich nicht die Hitze.«

»Liegt etwas in der Luft?«, fragte Quentin.

Ja, genau das war es. Etwas lag in der Luft, und Lisa nickte.

»Etwas Gutes oder etwas Schlechtes?«

»Ich weiß nicht.« Lisa rutschte nach vorne, bis sie auf dem Rand des Korbstuhls saß. »Ich glaube, ich kann nur schlechte Dinge spüren. Katastrophen und Veränderungen.«

»Veränderungen müssen nicht schlecht sein.«

Lisa zuckte mit den Schultern. »Glaubst du denn, dass es Menschen gibt, die Dinge vorhersehen können?«, fragte sie stattdessen.

»Was ist das für eine Frage?« Quentin strich sich durch das wirre, leicht ergraute Haar, und die Falten in seinem Gesicht zuckten. »Du und deine Stimmungen sind doch der beste Beweis dafür!« Er stand auf und lächelte. Dann klemmte er sich seinen Stuhl unter den Arm und verschwand im Innern des Ladens.

Lisa freute sich, bei Quentin zu wohnen. Ihre Eltern waren tatsächlich für ein Jahr nach Brasilien gegangen. Wegen dem neuen Job und der ganzen Verantwortung, die sie jetzt hatten, und dem vielen Geld, das sie dort verdienten. Sie waren Biologen, und die brasilianische Regierung brauchte sie für wichtige Forschungen im Regenwald. Am Amazonasdelta oder wo auch immer.

Natürlich wäre Lisa gerne mitgefahren. Aber das Problem war die Schule. Sie sprach kein Portugiesisch, ihr Englisch ließ zu wünschen übrig, und es hätte nicht funktioniert. Nicht für diese relativ kurze Zeitspanne.

»Du kannst nicht allein in Wien bleiben«, hatte ihre Mutter gesagt. Und ihr Vater hatte seinen Kopf schräg gelegt, wie er das immer machte, wenn er nachdachte. »In **Wien** nicht«, hatte er gesagt, »aber was wäre mit **München**?«

Dabei hatte er natürlich an seinen Bruder Quentin gedacht. Den etwas zerstreuten, aber liebenswerten Eigenbrötler. Der im Münchner Glockenbachviertel wohnte, jeden Morgen einen Topf Müsli aß, tagsüber seinen Trödelladen führte und abends bei einem Glas Wein über den Sinn und Unsinn der Welt nachdachte.

»Ich habe keine Erfahrung mit Kindern und Jugendlichen«, hatte Quentin bei Lisas Einzug erklärt. »Und mit dem ganzen Erziehungskram kenne ich mich nicht aus. Aber ich freue mich, dass du da bist!«

Ein leises Miauen riss Lisa aus ihren Gedanken. Einstein sprang durch die Tür auf die Straße hinaus und rieb sein rostrotes Fell an Lisas nackten Beinen. Lisa hob ihn hoch, setzte ihn auf ihren Schoß und kraulte ihn hinter den Ohren. Treuherzig guckte er sie aus seinen wundervollen Jadeaugen an und schnurrte behaglich, die flaschengrünen Augen waren das einzig Schöne an ihm.

»Weißt du, was Einstein gesagt hat?« Quentin steckte den Kopf durch die Ladentür und lächelte seine Nichte an.

»Der Kater kann sprechen?«, erwiderte Lisa.

»Nicht unser Einstein«, sagte Quentin. »Der andere.«

Er trat auf den Bürgersteig hinaus, unter seinem Arm klemmte eine Kaffeekanne. So eine weiße, aus Emaille, wie man sie früher gehabt hatte. Auf ihrem schlanken Bauch waren bunte Ornamente und ein Spruch eingraviert: **Die menschlichen Wesen, Pflanzen oder der Staub, wir alle tanzen nach einer geheimnisvollen Melodie, die ein unsichtbarer Spieler in den Fernen des Weltalls anstimmt.** Und ringsherum tanzten tatsächlich Vögel, Blätter und Blüten in einem Meer aus Farbe.

»Dieser Satz ist phantastisch«, sagte Lisa. »Alle tanzen nach einer geheimnisvollen Melodie …«

»Ich dachte mir, dass er dir gefällt«, sagte Quentin. »Er ist von Einstein und passt hervorragend zum heutigen Tag, an dem etwas in der Luft liegt, wie du sagst. Die Kanne gehört dir.«

Lisa sprang auf und drückte ihrem Onkel einen Kuss auf die Wange. Quentin nahm es mit dem Rasieren nicht allzu genau, sein Gesicht fühlte sich kratzig und ein bisschen rau an. Er winkte ab, doch es war ihm anzumerken, dass er sich über Lisas Überschwang freute. Er brummte noch etwas in seinen Dreitagebart, drehte sich um und verschwand im Laden.

Und Lisa freute sich wirklich. Zum einen, weil die Kanne wunderschön war und mit diesem Spruch von Einstein seltsam anmutete. Zum anderen, weil Quentin ihre Stimmungen nicht als Spuk oder Phantasie abtat, sondern als ernst zu nehmende Äußerungen.

Lisa warf einen Blick zum Himmel. Nein, immer noch kein Gewitter, keine einzige Wolke am Himmel. »Dann ist es etwas anderes«, sagte sie leise, und sie ahnte, dass in den kommenden Tagen etwas passieren würde.

02

ABER ES PASSIERTE NICHTS. Am nächsten Tag ging Lisa morgens zur Schule, und alles war normal. Am übernächsten Tag und am überübernächsten ebenfalls. Na ja, **normal** war vielleicht nicht der richtige Ausdruck: Der Hausmeister der Schule vermisste eine Leiter und ein Paar Gummistiefel. Eine Lehrerin für Mathematik und Physik erkrankte am Pfeifferschen Drüsenfieber. Und Jenny, Lisas Freundin, traf die Entscheidung, sich zur Schülervertreterin für die Mittelstufe aufstellen zu lassen.

»Endlich soll es an dieser Schule so etwas wie Demokratie geben«, sagte sie. »Da bin ich dabei!« Während sie dies verkündete, überprüfte sie in einem kleinen Taschenspiegel ihre Augenbrauen und den Glanz des Lipgloss und strich sich die langen blonden Haare aus der Stirn. Jede Menge Freunde und Bewunderer hatten sich um sie geschart, auch Babette König, eine langjährige Freundin von Jenny.

Babette entdeckte Lisa und winkte ihr zu. »Hast du das gehört?«, flüsterte sie, packte Hefte und Bücher ein und schulterte ihre Tasche. »Da kommt ordentlich Arbeit auf uns zu.«

»Wieso denn auf uns?«, fragte Lisa und schüttelte den Kopf.

»Du glaubst doch wohl nicht, dass Jenny das allein durchzieht«, erwiderte Babette. »Ich vermute, diese Schülervertretungssache wird zum Thema Nummer eins, und wir sind ab heute ihre unfreiwilligen Mitstreiter.«

»Ach, komm«, sagte Lisa und lachte. »Wir könnten ihr wirklich helfen. **Schließlich sind wir Freundinnen.**«

Das waren sie, und zwar ziemlich gute. Lisa war unglaublich froh, dass Jenny und Babette sie in ihren kleinen Zirkel aufgenommen hatten, gleich nach ihrer Ankunft in München und in den ersten Tagen an der fremden Schule. Von so viel Herzlichkeit hatte sie vor dem Umzug nicht einmal zu träumen gewagt.

Jenny sah gut aus und war die Verrücktere von beiden, extrovertiert und immer auf der Jagd nach Anerkennung. Die dunkelhaarige Babette war klein und dünn, aber sie wusste, was sie wollte. »Das schafft Jenny doch gar nicht«, sagte sie. »Wir haben extrem viele Fächer in diesem Schuljahr. Sie ist Mitglied im Chor und in der Schülerzeitung. Was will sie denn noch alles machen?«

»Du vergisst ihre kleinen Brüder und den Hausputz, den sie andauernd von ihrer Mutter aufgebrummt bekommt.« Lisa grinste. »Ich finde, gerade deshalb sollten wir ihr helfen. Jetzt aber los, Quentin hat uns zum Eiskaffee eingeladen.«

Babette nickte, doch plötzlich hielt sie mitten in ihrer Bewegung inne. Mit großen Augen starrte sie auf ein Plakat, das am Schwarzen Brett hing. »WAS IST DENN DAS?«, fragte sie, und alle Blicke wandten sich ihr zu.

»Was ist los?«, rief Jenny.

Das Plakat war nicht größer als eine DIN-A3-Seite und knallgelb wie ein Kanarienvogel. Die schwarzen, krakeligen Buchstaben wirkten wie dunkle Runen auf einem keltischen Grabstein und waren genauso schwer zu entziffern. Langsam kamen nun auch die anderen Schüler näher, drängten sich um Lisa und Babette und starrten auf das Schwarze Brett.

»Der Club«, las Lisa und hob die Stimme, damit alle sie verstanden. **»Der Club sucht Mitglieder. Mitglied kann nur werden, wer Schüler dieser Schule ist. Aufgaben und Ziele des Clubs sind geheim.«**

Die Umstehenden schwiegen.

»Komisch«, sagte Babette schließlich.

»Ein Scherz, nichts weiter«, erwiderte Jenny und wollte die ganze Sache gerade mit einem Schulterzucken abtun, als Lisa mit ausgestrecktem Arm durch eins der Fenster auf den Pausenhof deutete. »Guckt mal nach draußen. Der Scherz scheint eine größere Dimension zu haben«, erwiderte sie.

Und tatsächlich.

Überall auf dem Schulhof hingen diese kanariengelben Plakate mit den krakeligen schwarzen Buchstaben, davor standen kleine und größere Gruppen von Schülern und rätselten, was das zu bedeuten hatte.

Babette wandte sich noch einmal dem Plakat zu. »Seht mal, da ist eine Web-Adresse angegeben.«

Sofort griffen ein paar Mitschüler nach ihren Smartphones, doch auf der Homepage des Clubs stand nichts anderes als auf den Plakaten: **Der Club sucht Mitglieder. Mitglied kann**

nur werden, wer Schüler dieser Schule ist. Aufgaben und Ziele des Clubs sind geheim.

»Wie soll man wissen, ob man dem Club beitreten möchte, wenn man nicht weiß, was er macht?«, sagte Paul aus der Sechsten. Und die Rädchen in seinem Gehirn liefen auf Hochtouren.

Was konnte man gewinnen, wenn man dem Club beitrat, und was verlieren? Worin lagen die Vorteile, und worum ging es überhaupt?

»Das muss irgendwas Schulisches sein«, sagte Freddie. Er hatte eine Zahnlücke, genau dort, wo sich eigentlich ein Schneidezahn befinden sollte, und deshalb lispelte er. Wenn er, wie gerade eben, *Schulisches* sagte, klang das wie *Sulises*. Aus *schön* wurde *sön*, aber am besten klang es, wenn er fluchte und statt *Scheiße Seiße* sagte, das liebten alle.

»Warum?«, fragte Babette. »Weil nur Schüler dieser Schule mitmachen dürfen? Vielleicht geht es um einen Sport- oder einen Fußballverein.«

»Kein neuer Fußballverein würde sich *der Club* nennen«, erklärte Paul. »Diesen Namen gibt es schon, das sind die …«

Doch weiter kam er nicht, von hinten drängte sich Andi Schulze ans Schwarze Brett. Andi war groß, muskulös und der Superstar der neunten Klassen, zumindest glaubte er das. Meist steckte er in zu weiten Klamotten, zerzauste seine dunkelblonden Haare, und Lisa hatte den Verdacht, dass er das nur machte, um verloren zu wirken und Mädchen mit Helfersyndrom in die Knie zu zwingen. In Wirklichkeit war Schulze ein ziemlich arroganter Typ, und Lisa mochte ihn nicht. »Lasst mich mal durch, Mädels«, sagte Schulze, und das Wort *Mädels* war auch so eine miese Masche von ihm. Den Mädchen sollte es vermitteln, dass sie nicht die evolutionäre Stufe der Jungs erreicht hatten. Und den Jungs zeigte es, dass Schulze auch sie für Mädchen hielt. »Was soll das sein?«, fragte er schließlich, nachdem er sekundenlang auf das Plakat gestarrt hatte.

»Irgendeine bekloppte Jungs-Sache ist es also nicht«, wisperte Jenny. »Sonst wüsste Schmacht-Schulze Bescheid.«

Sie nannte ihn *Schmacht-Schulze* wegen seines Augenaufschlags beim Mädchen-Anbaggern. »Wenn Schulze einen ansieht, könnte man meinen, er schmachtet eine Schwarzwälder Kirschtorte an«, hatte sie einmal gesagt, und Lisa fand diese Beschreibung absolut zutreffend.

»Vielleicht ja doch«, erwiderte Babette. »Und Schulze ist nur nicht eingeweiht. Das wird ihn ärgern.«

Sie hakte sich bei ihren Freundinnen unter und schob sie durch die Aula in den Schulhof hinaus. Dort wimmelte es nur so von Schülern. Sie standen vor den ominösen Aufrufen, dem Club beizutreten, und debattierten.

»Könnte eine Lerngruppe sein«, sagte ein Mädchen.

»Oder ein Kochclub«, meinte eine andere.

»Quatsch«, sagte ein Junge mit Brille.

»Vielleicht hat es was mit der Wahl der Schülervertreter zu tun.«

»Eine Schülervertretung, die geheim ist? Quatsch.«

»Da geht's sicher um ein Casting!«

»Hier steht es doch – es geht um einen **Club**«, rief einer.

»In Amerika gibt es so etwas«, sagte ein anderer. »Da haben sich Jugendliche einer …«

Lisa hätte gerne noch weiter zugehört, aber Babette zog mit einer Kraft an ihr, die man dieser kleinen Person gar nicht zutraute. »Ich komme nur ungern zu spät zu einem Eiskaffee. Und wie es aussieht, diskutieren die auch morgen noch!«

Also gingen die Freundinnen los, bummelten über den Stachus, liefen die Sonnenstraße hinunter und tauchten ein in das Gewirr der kleinen Straßen im Glockenbachviertel. Die Luft flirrte in der anhaltenden Hitze, und als die Mädchen den Trödelladen erreichten, atmeten sie erleichtert auf. Jennys Make-up war zu einem surrealen Gemälde auf bloßer Haut zerlaufen. Auf Babettes T-Shirt zeichneten sich erste Schweißflecken ab, und Lisas Locken waren zusammengefallen und klebten wie die Fäden eines nassen Wischmopps an ihrer Stirn und ihrem Hals.

»Da sind ja die drei Ladys«, begrüßte Quentin die Mädchen. Er stand in der offenen Tür des Ladens und winkte.

»Dein Onkel ist einfach immer charmant«, sagte Jenny.

»Das glaubst du«, sagte Lisa und lachte. »In Wirklichkeit bemerkt er unser Äußeres gar nicht und hat andere Dinge im Kopf.«

Die drei begrüßten Quentin und gingen in den Laden, in dem es herrlich kühl war und äußerst chaotisch aussah. Im hinteren Teil des Raumes stapelten sich alte Kisten und Truhen, Bettgestelle verschiedener Stilepochen und löchrige Wandschirme. In riesigen Regalen standen Vasen, Schwäne aus Porzellan, alte Spieldosen und Kuckucksuhren.

Im vorderen Teil des Ladens gab es kleine runde Tische und Stühle, und wären es keine Verkaufsobjekte gewesen (worauf die kleinen Preisschilder an den Tischbeinen und Stuhllehnen hinwiesen), hätte man meinen können, dass man in einem Café sitzt. In den Schaufenstern stand jede Menge Trödel, deshalb war es ziemlich düster in Quentins Laden.

»Ich habe einen alten Ventilator gefunden«, sagte Quentin. Er zeigte auf ein Gerät aus Messing, das sich scheppernd von links nach rechts bewegte und so hässlich quietschte wie eine Kreissäge. »Der macht mehr Lärm als Wind«, sagte Lisa, und ihr Onkel freute sich, als hätte sie ihm oder dem Ventilator ein Kompliment gemacht. Dann servierte er den Eiskaffee und setzte sich dazu. »Will gar nicht lang stören«, sagte er, »aber eine kleine Pause tut mir jetzt auch gut.«

Die Mädchen unterhielten sich mit Quentin, und es dauerte keine drei Minuten, bis sie auf die merkwürdige Sache mit den Plakaten zu sprechen kamen. Detailgetreu wiederholte Lisa den Text.

»Klingt spannend«, sagte Quentin. **»Ein Club, der weder verrät, was er macht, noch, wer aufgenommen wird.«**

»Letzteres ist klar«, sagte Jenny. »Ausschließlich Schüler unserer Schule.«

»Das habe ich verstanden«, sagte Quentin. »Aber wie soll das gehen? Wer sind die Ansprechpartner?«

Erstaunt sahen sich die Mädchen an. Darüber hatten sie noch gar nicht nachgedacht, und Quentins Einwand funktionierte wie das sprichwörtliche Öl im Feuer: Ihr Interesse an der Sache schlug neue Flammen.

»Gehen wir analytisch vor«, sagte Babette. »Was könnte hinter diesem Club stecken?«

»Ein Fußballverein scheidet aus«, sagte Jenny. »Das meinte Paul zumindest, und in Sachen Fußball kann man sich auf ihn verlassen.«

»Eine andere Art von Sport?«, fragte Quentin.

»Unwahrscheinlich, im Sport braucht man Leute, die in einer bestimmten Disziplin gut sind, und sucht nicht wahllos irgendwelche Schüler, die einem Aufruf folgen«, sagte Lisa. »Genauso in der Musik und im Instrumentalunterricht, ich glaube, das scheidet aus.«

»Könnte es etwas mit der neuen Schülervertretung zu tun haben?«, fragte Babette, doch Jenny schüttelte den Kopf. »Das erste Treffen der Kandidaten hat bereits stattgefunden. Es gibt eine genaue Liste der Personen, klare Termine und festgelegte Ziele. Steht vermutlich alles schon auf der Homepage der Schule.«

»Und wenn der Club gar nichts mit der Schule selbst zu tun hat?«, fragte Quentin, doch in diesem Moment betrat ein Mann den Laden, und Quentin musste sich um andere Dinge kümmern. Er stand auf, wandte sich dem Kunden zu, und wenige Sekunden später waren die beiden in ein Verkaufsgespräch vertieft.

»Das ist Quatsch«, sagte Lisa. »Es hieß ausdrücklich, es können nur Schüler dieser Schule mitmachen.«

»Dein Onkel meint, dass die Sache von außerhalb organisiert sein könnte«, erwiderte Babette. Die Schweißflecken auf ihrem T-Shirt wurden wieder größer, das Denken strengte offenbar an. »Eine Castingagentur, die junge Schauspieler für einen Film sucht?«

»Und warum sagen sie es dann nicht deutlicher?«, fragte Lisa, und die Mädchen lachten. Denn das genau war der Punkt. Undeutliche Ansagen waren sinnlos und führten zu keiner Form von Erfolg. »Nein, nein«, fuhr Lisa fort. »Ich glaube, das war einfach nur eine Scherz-Aktion aus der Unterstufe.«

»Das könnten uns die Jungs beantworten«, erwiderte Jenny, angelte ihr Handy aus der Hosentasche und führte zwei kurze Telefonate mit ihren Brüdern. Die Gespräche klangen eher nach Hundebellen als nach netter Plauderei, doch sie brachten ein Resultat: Keiner von Jennys Brüdern glaubte an einen Scherz aus der Unterstufe. Erstens hätten sie davon gewusst (sie waren immer bei jedem Unfug dabei). Zweitens glaubten sie, dass nur sehr dumme Menschen handgeschriebene Plakate aufhängten, und drittens hatten sie dabei an Schüler aus der Mittelstufe gedacht.

Das brachte Jenny dazu, noch mal kurz ins Handy zu bellen, dann legte sie auf und schüttelte den Kopf. »Die waren es nicht, die haben selbst keine Ahnung.« Sie zog die linke Augenbraue hoch. »Allerdings zerbrechen sie sich ebenfalls ganz schön den Kopf, und alles nur wegen ein paar blöder Kritzeleien auf gelbem Papier. Haben wir denn nichts Besseres zu tun? Die Schülervertretung wäre ein weit wichtigeres Thema, zumal ich selbst antrete. Könntet ihr mir vielleicht ...«

Und so schaffte es Jenny, die Richtung des Gesprächs zu ändern und die Freundinnen auf ernsthafte Gedankenpfade zu führen. Und als Quentin etwas später an den Tisch kam, legten sich die Mädchen gerade einen Plan zurecht, wie sie Jenny bei der Wahl zur Schülervertreterin der Mittelstufe unterstützen konnten.

Schnell verzog er sich in den hinteren Teil des Raumes, wo er Truhen umstellte und Vasen abstaubte. Und als Jenny und Babette eine Stunde später gingen, beschloss Lisa, ihrem Onkel zu helfen. Die Temperaturen waren im Laden deutlich angenehmer als draußen, und Lisa arbeitete gern. Es war eine schöne Sache, wenn man abends begutachten konnte, was tagsüber geschafft worden war, und sie freute sich auf das übliche Gespräch mit ihrem Onkel nach dem Essen. Da würden sie über die einzelnen Trödelstücke reden, woher sie kamen und wem sie gehört hatten.

Quentin war ein super Geschichtenerzähler. Er kannte dieses Viertel besser als seine Westentasche und hatte zu jedem seiner Kunden und seltenen Objekte eine wunderbare Story auf Lager.

Also nahm Lisa den Staubwedel in die Hand und fuhr mit gleichmäßigen Bewegungen über Vasen, Hutschachteln und anderen Nippes. Auch ihre Kaffeekanne staubte sie ab, und als sie mit dem weichen Federflaum über die Worte von Einstein strich, stutzte sie. »**Wir alle tanzen nach einer geheimnisvollen Melodie …**« Lisa musste an die kanariengelben Plakate denken. Sie spürte, wie ihre Finger zu jucken begannen und sich ein nervöses Gefühl in ihrem Magen ausbreitete. Diese ganze seltsame Sache hatte in der Luft gelegen, vor ein paar Tagen schon, und nun war sie da.

03

ABENTEUER TRETEN SELTEN ALLEINE AUF. Kommt eins, folgen weitere. Das ist ein Grundsatz, der in Stein gemeißelt ist, sich nie ändern wird und immer so bleibt. Man weiß ja, wie das ist: Da verbringst du deinen Sommer auf dem Balkon und erlebst wochenlang nichts. Und plötzlich saust ein Blumentopf von oben herab (bepflanzt mit Geranien oder Petunien) und verwüstet alles. Beim Aufräumen findest du einen Lottoschein mit den richtigen Zahlen. Zur Feier des Tages gehst du in den Supermarkt, um Chips und Cola zu kaufen, und gerätst in einen Überfall.

Natürlich konnte man meinen, nichts von alledem hätte etwas miteinander zu tun, aber das stimmte nicht. Alles hing irgendwie zusammen. Und wenn ein einziges Abenteuer den Weg zu dir gefunden hatte, folgten weitere. Ob es dir gefiel oder nicht.

Gewitterwolken hatten sich vor die Abendsonne geschoben, und im Laden wurde es plötzlich so dunkel, dass Lisa ein paar Lampen anknipsen musste. Quentin war schon nach oben gegangen, in die Wohnung im vierten Stock. Er legte sich vor dem Essen gern noch etwas hin, um »ausgeruht den Abend genießen zu können«, wie er es nannte. Sie selbst war unten geblieben und räumte noch ein paar Vasen um. Stellte die größeren nach hinten und die kleinen nach vorne, die auffälligen platzierte sie seitlich und die unscheinbaren in der Mitte. Jetzt trat sie vor die Tür und warf einen Blick zum Himmel: turmhohe Wattefetzen in düsteren Farben, rauschender Wind, und den Regen konnte man bereits riechen. Und dann klatschten auch schon erste, schwere Tropfen auf den Bürgersteig. Lisa ließ die Tür geöffnet, der frische Wind tat gut, und sie musste noch ein bisschen was tun.

Gerade stellte sie die Marmorbüste eines Dichters auf einen Tisch am Eingang, als ein Junge in den Laden huschte, er mochte ungefähr in Lisas Alter sein. Der Regen hatte bereits sein T-Shirt durchnässt, vermutlich hatte er die offen stehende Tür als Einladung verstanden.

»Kann ich ein paar Minuten bleiben, bis der Schauer vorbei ist?«

Er hatte blonde, halblange Haare, ein tief gebräuntes Gesicht, und seine blauen Augen leuchteten wie Eiskristalle im Gebirge. Lisa dachte an Robert Redford in jungen Jahren und fühlte sich an das Filmplakat erinnert, das bei ihren Eltern im Schlafzimmer hing.

Sie grinste. »Klar, wenn ich dir nichts servieren muss«, sagte sie. »Das ist nämlich kein Café, sondern ein Trödelladen.«

Der Typ nickte. Geistesabwesend, als hätte er gar nicht

richtig zugehört. Er warf noch mal einen Blick auf die Straße hinaus, dann schloss er die Tür und marschierte zielstrebig in den hinteren Teil des Raumes. Dort setzte er sich auf einen alten, wackeligen Stuhl. Und da es nicht so aussah, als würde er Lisa weiter beachten oder gar mit ihr reden wollen, wandte sie sich wieder der Marmorbüste zu, staubte sie ab, rückte sie von rechts nach links und begutachtete die Wirkung. Zwischendurch warf sie kleine, verstohlene Blicke auf ihren seltsamen Gast.

Der Typ sah gut aus, daran war nichts zu rütteln, auch wenn man kein Fan von Robert Redford oder ein Kenner alter Filmplakate war. Die eiswasserblauen Augen funkelten hell in dem dunkel gebräunten Gesicht, und seine Lippen wirkten wie schmale, blasse Kondensstreifen, die sich irgendwo im Nichts auflösten. Vielleicht waren es die Lippen, die seiner Mimik etwas Ernstes verliehen.

»Ich kenne dich«, sagte er plötzlich, seine Stimme klang warm und freundlich. Wie die eines Radiomoderators kurz vor Feierabend. »Du gehst doch auch aufs Städtische?«

Das Städtische war die Kurzbezeichnung für ihre Schule und eine ziemlich blöde Abkürzung, wie Lisa fand.

»Du auch?«, fragte sie erstaunt. »Ich kenne dich gar nicht.«

»Du bist ja erst seit Kurzem hier!« Der Typ lächelte.

Lisa starrte ihn an.

Wer war das? Ein CIA-Agent, der alles über sie wusste und mal eben kurz in ihrem Laden auftauchte? Oder jemand aus der Schulaufsichtsbehörde, der kontrollierte, ob der Wechsel von Wien nach München gut verlaufen war?

»Woher weißt du das?«, fragte sie.

»Ich gehe in die Parallelklasse, und neue Gesichter fallen eben auf«, sagte er und lächelte wieder. »Ich heiße übrigens Leander.«

»Ich bin Lisa«, sagte Lisa und lächelte ebenfalls.

In diesem Moment sprang Leander auf. »Gibt es hier eine Toilette?«

Lisa war etwas überrascht über die Wendung des Gesprächs, aber sie nickte und führte Leander durch die Hintertür ins Treppenhaus. »Die zweite Tür links«, sagte sie. »Der Schlüssel steckt.«

Leander bedankte sich mit einem Lächeln, das im Winter vermutlich Eisberge zum Schmelzen brachte. Im Sommer verfügte es immerhin noch über die Kraft, Knie weich werden zu lassen und unvorbereitete Opfer aus der Bahn zu werfen. So wie Lisa genau in diesem Moment. Ihr Gleichgewichtssinn geriet in Unordnung, und sie musste sich am Türrahmen festhalten, sonst wäre sie umgefallen.

»Alles in Ordnung?«, fragte Leander. Sein besorgter Blick machte die Sache nur noch schlimmer.

»Alles in Ordnung«, sagte Lisa, drehte sich um und ging zurück in den Laden. Warum war Leander aufgesprungen und hatte so übergangslos nach der Toilette gefragt? Hatte sie ihn erschreckt, oder hatte er jemanden am Fenster gesehen? Lisa öffnete die Tür und blickte die Straße hinunter, aber sie sah nur einen regennassen Hund, der über den Bürgersteig trottete. Eine Frau mit einer Plastiktüte auf dem Kopf und ein paar Kinder, die in den Pfützen umhersprangen und

Raindrops keep falling on my head sangen. Lisa schüttelte erstaunt den Kopf; wenn solche Knirpse bereits englische Texte beherrschten, musste sie sich in der Schule wirklich mehr anstrengen. Sie schloss die Tür, und nun kam auch Leander zurück.

»Vielen Dank für deine Hilfe«, sagte er und nickte. Kein Lächeln mehr, kein Eisberggeschmelze. Aber er blickte sie freundlich an und schien tatsächlich dankbar zu sein.

»Gern geschehen«, sagte Lisa und nickte ebenfalls.

Und dann verließ Leander den Laden. Ohne sich noch einmal umzudrehen oder Tschau zu sagen. Und Lisa stand einfach nur da und starrte ihm minutenlang hinterher. Dann löschte sie das Licht, verschloss die Tür und stieg die Stufen hinauf in die Wohnung im vierten Stock.

Quentin erzählte sie nichts von Leanders Besuch. Ihre Mutter machte sich immer viel zu viele Gedanken, wenn sie einen Jungen erwähnte, und sie wollte nicht, dass Quentin sich Sorgen machte. Wenn er sich Sorgen machte, würde sie sich Sorgen machen, dann würde er sich wiederum sorgen und so weiter. Das war das Sorgenkarussell, und es funktionierte immer gleich: Je mehr man es antrieb, desto schneller drehte es sich. Also sagte Lisa nichts, sondern plauderte mit ihrem Onkel über diverse Stücke aus dem Laden. Über die Büste des Münchner Dichters Paul Heyse, der sogar einen Literaturnobelpreis erhalten hatte. Trotzdem war ausgerechnet die hässlichste Straße Münchens nach ihm benannt worden, sagte Quentin und ärgerte sich, weil die Leute keine Ahnung hatten, was sie einem Menschen, tot oder lebendig, damit antaten.

Auch über das Mississippi-Schiff sprachen sie, einen Dampfer aus Gips. Er war in bunten Farben bemalt und stand weiter hinten im Laden. Weil alle ihn haben wollten, die ihn sahen, sagte Quentin, aber der Preis war unbezahlbar, 7800 Euro.

»Für ein Gipsboot?«, fragte Lisa erstaunt.

»Das Besondere ist nicht das Boot selbst, sondern sein früherer Besitzer.« Quentin erzählte von einem Schauspieler, der einen aufwendigen Lebensstil gepflegt hatte und ermordet worden war.

»Das war sein Schiff?«, fragte Lisa.

Quentin zuckte mit den Schultern. »Ich glaube es nicht. Aber seit die alte Frau Schramm beim Friseur erzählt hat, dass sie sich sicher sei, dass das Boot ihm gehört hätte, wollen es alle haben. Und das treibt den Preis natürlich ganz schön in die Höhe.«

Und so ging es sicherlich noch ein, zwei Stunden weiter. Erst als Lisa an diesem Abend im Bett lag, dachte sie wieder an Leander. Was für ein gut aussehender Typ das war und wie seltsam sein Erscheinen im Laden gewirkt hatte.

Warum nur war er so plötzlich aufgesprungen und hatte nach der Toilette gefragt? Ob er doch etwas am Fenster gesehen hatte? Lisa schloss die Augen, und obwohl es schon spät und der Tag extrem aufregend gewesen war, konnte sie lange nicht einschlafen. Die Glocken von Sankt Stephan läuteten schon Mitternacht, als sie endlich ins Land der Träume rutschte.

04

LISA TRÄUMTE. Sie saß im Wiener Prater. Vor ihr die Stadt, über ihr der Sonnenuntergang. Ein geheimnisvoller Typ mit Sonnenbrille ließ sich neben ihr nieder. Er blätterte in einer Zeitschrift, in der Handfeuerwaffen abgebildet waren, und Lisa war sich sicher, in einem Film gelandet zu sein. In *Der Pate* oder einem *James Bond* vielleicht. Sie versuchte, den Mann anzusprechen, aber ihre Stimme versagte, und dann flimmerten die Bilder, und der Film riss.

Als er wieder lief, befand sich Lisa in Onkel Quentins Trödelladen und staubte alte Marmorbüsten ab. Einer der steinernen Köpfe hatte eismeerblaue Augen und schmale Lippen, und Quentin erklärte, dass es sich um die Büste von Leander handelte, einem jungen Kerl, nach dem vier Straßen benannt worden waren. Nicht wegen des Literaturnobelpreises, den hatte er nie erhalten. Nein, er war Teil eines seltsamen Clubs gewesen, dessen Mitglieder große Taten vollbracht hatten. Über die Taten selbst war nichts bekannt, aber das störte niemanden. Denn es gab ja die vielen Marmorbüsten und Straßennamen, und das genügte.

Schweißgebadet wachte Lisa auf, schüttelte den Kopf, richtete sich auf und angelte mit ihren Zehen nach den Flipflops unter dem Bett. Ein kurzer Blick auf die Uhr genügte: Sie war früh dran heute, aber das war in Ordnung. Vielleicht konnte sie vor dem Unterricht noch ein bisschen mit Jenny oder Babette quatschen, und diese Aussicht war Öl in ihrem Getriebe. Sie rannte ins Bad, putzte sich die Zähne und bürstete ihre Haare. Dann sprang sie in frische Klamotten, schnappte sich ihre Tasche und machte sich auf den Weg in die Schule.

Babette war von ihrer Mutter geweckt worden. Und mit der Tasse Kakao, die ihr der Vater allmorgendlich machte. Babettes Eltern waren nicht mehr die Jüngsten, jahrelang hatten sie sich Kinder gewünscht, ohne welche zu bekommen. Als Babette dann zur Welt kam, war sie mehr als ein ersehntes Baby: Sie war der Engel, die Verheißung, das ewige Glücksversprechen.

Und das bedeutete Verantwortung. Sie musste sich ordentlich kleiden, richtig benehmen und sich an passender Stelle freuen. Gefährliche oder ungesunde Dinge (wie Weit- oder Hochsprung, Teakwondo-Kurse und Currywurst) waren verboten, und Elternabende an der Schule wurden tagelang vor- und nachbesprochen.

»Du hast die klassischen Helikoptereltern«, hatte Jenny einmal gesagt und damit Babettes Lage perfekt beschrieben: Ihre Eltern kreisten um sie herum wie Hubschrauber mit Suchscheinwerfern und Nachtsichtgeräten, und an manchen Tagen war es so heftig, dass Babette kaum Luft zum Atmen bekam. Aber wenn sie kurz davor war, sich aufzuregen, dachte sie daran, dass ihre Familie es ja nur gut meinte und vor Glück überschäumte, weil sie auf der Welt war. Und dann verflog ihre Wut, verrauchte wie der Qualm eines in sich erstickenden Feuers, und sie beruhigte sich wieder.

Babette trank ihren Kakao, dann ging sie ins Bad und duschte. Im Badezimmer war sie ungestört, deshalb war es ihr Lieblingsort. Mindestens eine halbe Stunde verbrachte sie jeden Morgen hier, telefonierte mit Jenny oder Lisa, wenn sie noch Hausaufgaben brauchte, oder lackierte sich die Zehennägel.

Jetzt nahm sie das Handy zur Hand und wählte Jennys Nummer. »Du bist doch sicher schon in der Schule?«, fragte sie. »Das ist gut. Hör zu, ich bräuchte nämlich …«, sagte sie, aber Jenny hörte nicht zu. Sie hatte nämlich etwas viel Interessanteres zu berichten, und Babette riss die Augen auf. »DAS GIBT'S DOCH GAR NICHT!«, rief sie. »Ich bin sofort da.« Dann sprang sie auf und machte sich auf den Weg in die Schule.

Jenny war eine Frühaufsteherin und immer schon als Erste in der Schule. Nicht, weil sie den Sonnenaufgang liebte oder besonders strebsam war. Nein, sie hasste es einfach, wenn ihre Mutter schon morgens mit ihren Brüdern stritt, weil die nicht in die Schule wollten, Bauchschmerzen vortäuschten oder vergessen hatten, dass sie einen Test schrieben. Dann polterten die Jungs durch die Wohnung wie eine Horde Elefanten, knallten Türen und brüllten sich gegenseitig an. Also zog Jenny es vor, den Tagesbeginn in Ruhe zu verbringen. Sie stand als Erste auf, machte Frühstück und redete noch ein paar Takte mit ihrer Mutter. Dann verließ sie die Wohnung, bevor der Wecker ihrer Brüder klingelte.

Jetzt stand sie auf dem Pausenhof und kam aus dem Staunen nicht mehr heraus. »Komm schnell«, sagte sie, als ihr Handy klingelte, Babette war am Apparat. »Das musst du dir ansehen. Überall Plakate. Aber nicht nur so ein paar wie gestern. Alles ist damit übersät und zugeklebt, und eine andere Farbe haben sie auch. Sie sind jetzt lila.«

Jenny steckte ihr Handy in die Hosentasche und ging über den Schulhof. Jeder Laternenpfahl, jedes Stück Mauer, ja, sogar der Brunnen und der Fußboden waren plakatiert. **Der Club sucht Mitglieder**, stand auf den Postern. **Mitglied kann nur werden, wer Schüler dieser Schule ist. Aufgaben und Ziele des Clubs sind geheim**. Leider war der Text nicht erweitert worden, es gab nicht mehr Angaben als gestern.

Dafür aber mehr Schaulustige. Das Städtische zählte vierhundert Schüler und sechzig Lehrer, und die trudelten jetzt nach und nach ein, betraten das Schulgelände, blieben wie erstarrt stehen, rissen die Augen auf und wanderten über den lilafarbenen Pausenhof wie durch ein Spiegelkabinett. Sie betatschten die Plakate, übersprangen die, die am Boden lagen, und irrten mit offenem Mund und erstauntem Gesichtsausdruck umher.

»Sieh dir das an«, sagte Jenny, als Lisa eintraf und neben ihr stehen blieb. »Selbst wenn das ein Scherz sein sollte – das gestern war erst der Anfang!«

Lisa nickte wortlos und hakte sich bei ihrer Freundin unter.

»Und weißt du, was das Schwierigste ist?«, fragte Jenny. »Ich bin mir nicht sicher, ob ich als zukünftige Schülervertreterin irgendetwas unternehmen soll, denn dazu müsste ich wissen, ob das hier eine gute oder eine schlechte Sache ist.«

Die Entscheidung wurde ihr jedoch ganz schnell vom Hausmeister abgenommen. Mit einer Leiter und einem Eimer Seifenlauge bewaffnet, betrat er den Schulhof, weichte die Plakate ein und löste sie Streifen für Streifen vom Beton. Wie Stücke einer alten Tapete, derer man anders nicht Herr werden konnte.

An diesem Morgen herrschte große Aufregung, und kaum hatte der Unterricht begonnen, knackte es auch schon in den Lautsprechern. In jeder Klasse befand sich solch ein Teil, links oben neben der Tafel. Erst knackte es, dann waren ein Räuspern und ein **Guten Morgen** zu hören. Es war die Direktorin persönlich, und ein Raunen ging durch die Reihen. Das mit der Direktorin und den Durchsagen war nämlich so: Sie machte eine Ansage zu Beginn des Schuljahres und eine nach den Weihnachtsferien. Und das war's.

Alle anderen Durchsagen *(Joseph Schmid aus der 7 b, bitte ins Direktorat)* sprach Frau Erlenwein, die Sekretärin. Sie machte das super, fast professionell. Wie die Moderatorin einer Musiksendung, nur dass leider die Musik im Anschluss fehlte.

Doch heute sprach die Direktorin persönlich. Ihre Stimme klang ein bisschen genervt, so als ärgerte sie sich darüber, eine dritte Durchsage im Jahr machen zu müssen. Wegen ein paar blöder Plakate und einem noch blöderen Streich. Denn dafür hielt sie die ganze Sache. »Schülerstreiche gehören zu einer Schule wie die Marmelade aufs Brot, aber hier geht jemand entschieden zu weit«, sagte sie. »Ich sehe von einer Strafe ab, wenn sich der Unruhestifter bei mir meldet.« Dann knackte es zweimal im Lautsprecher, und die Direktorin verstummte.

Lisa sah zu ihren Freundinnen hinüber und formte mit ihren Händen ein T, das klassische Zeichen für *time out* im Sport. Bei Lisa, Jenny und Babette bedeutete es aber etwas anderes: **Wir treffen uns in der Pause in der Mädchentoilette.** Im hintersten Eck des Waschraums, wo man sich ungestört und ohne Jungs in Ruhe unterhalten konnte.

»Was war das denn?«, sagte Babette und schüttelte den Kopf. Sie stand mit ihren Freundinnen im Waschraum und kam aus dem Staunen nicht mehr heraus. »Die Direx am Mikro?«

»Sie hält das Ganze anscheinend für einen Streich«, sagte Lisa.

Jenny biss auf ihrer Unterlippe herum. »Wenn sie sich da mal nicht vertut. Welchen Sinn und Zweck sollte dieser Streich denn haben?«

Und dann verstummte sie. Weil immer mehr Mädchen in den Waschraum strömten und alle das gleiche Thema hatten.

»Das ist irgendein Jugendclub oder, noch besser, eine Gang«, sagte eins der Mädchen. »Und zwar eine schon bestehende.«

»Hier an dieser Schule?«, fragte ein anderes Mädchen.

»Aber das wüssten wir, eine Gang wäre uns aufgefallen. Außer den Jungs aus der Zehnten gibt's das hier nicht.«

Und die Jungs aus der Zehnten waren ein paar harmlose Kerle, die gemeinsam Mofa fuhren, das wusste sogar Lisa.

»Vielleicht möchte jemand eine neue Gang gründen«, überlegte ein sehr schlankes Mädchen aus der Mittelstufe.

»Dafür sucht man sich seine Mitglieder gezielt und in der gleichen Altersstufe. Und nicht so wahllos durch Plakate.«

»Ich glaube, das ist ein Scherz aus der Unterstufe«, erklärte ein älteres Mädchen, das sich am Waschbecken die Hände wusch.

Doch Jenny schüttelte den Kopf. »Das können wir ausschließen. Die Unterstufe ist genauso ratlos wie wir auch.«

»Und wenn es Werbung ist?«, fragte ein Mädchen mit Brille. Sie trug ihre Haare hochgesteckt und wirkte wie eine Journalistin auf Recherche. »Das ist eine beliebte Masche, zuerst wird man neugierig gemacht, und später erfährt man …«

»Werbung ist auf dem Schulgelände verboten«, widersprach ihre Freundin. »Genauso wie das Anwerben von Mitgliedern für eine politische oder religiöse Vereinigung.«

Die Dimension der Überlegungen nahm jetzt größere Ausmaße an, und schlagartig wurde es still in dem kleinen Waschraum. Politische oder religiöse Vereinigung klang nach Radikalismus und Sekten und Brainwash.

Lisa beugte sich zu ihren Freundinnen hinüber. »Wenn sogar unsere Schüler solche Ideen haben – wie lange wird es wohl dauern, bis irgendwelche Eltern auf diesen Gedanken kommen?«

»Keine zwei Sekunden, und es werden meine sein«, sagte Babette und wurde blass wie ein Schneehuhn. »Ihr dürft meinen Eltern auf gar keinen Fall etwas davon erzählen. Vielleicht hört das ja bald auf. Die Aufrufe zur Mitgliedschaft und das Gerede über den Club.«

Lisa nickte, doch sie glaubte nicht, dass die Sache ein schnelles Ende nehmen würde.

Und sie sollte recht behalten.

Am nächsten Tag, es war ein Mittwoch, waren die Plakate blau und klebten nun überall, auch an den Fenstern. Am Donnerstag hingen sie sogar in den Klassenzimmern, in schreiendem Grün, das an frisch gemähtes Gras erinnerte oder die schuppige Haut eines Leguans. Die Direktorin bekam die Krise und berief in der Pause eine spontane Lehrerkonferenz ein. Um zu Beginn der dritten Stunde über Lautsprecher zu verkünden, dass sie die Polizei einschalten würde, wenn der Spuk nicht bald ein Ende nähme.

05

DER SPUK NAHM EIN ENDE, und zwar sofort. Am Freitag war der Schulhof wieder ein Schulhof, es gab keine Plakate mehr und auch sonst nichts. Aber damit wurde es erst richtig spannend. Denn nun war klar, dass hinter der Aktion jemand aus der Schule stecken musste. Ein Schüler, mehrere Schüler, vielleicht sogar ein Lehrer. Jemand, der die Drohung der Direktorin gehört hatte.

Und eingeknickt war.

»Es ist merkwürdig«, sagte Lisa. Sie saß mit Quentin im Trödelladen, das Wochenende lag vor ihr und damit jede Menge freie Zeit. »Die Schulleitung war zum Schluss wirklich besorgt.«

»Das kann ich verstehen«, sagte Quentin. »Wenn man weder weiß, wer dahintersteckt, noch, was derjenige bezweckt, sind der Phantasie keine Grenzen gesetzt.«

Lisa nickte und dachte an Leander. Ob er vielleicht etwas damit zu tun hatte? Sie hatte versucht, ihn wiederzusehen, war in den großen Pausen über den Schulhof geschlendert und hatte sich kurz vor den Schulstunden so lange wie möglich auf dem Flur aufgehalten. Doch leider ohne Erfolg. Schließlich hatte sie Jenny gefragt. Sie kannte unglaublich viele Leute und war seit vier Jahren auf dem Städtischen.

»**Leander?**«, hatte Jenny geantwortet. »Ja, kann sein. Der geht in eine der Parallelklassen, aber frag mich nicht, in welche.«

Leider gab es am Städtischen vier neunte Klassen. Und in der Kürze der Zeit war es nicht möglich gewesen, herauszufinden, wo der Typ seine Vormittage verbrachte.

Lisa verscheuchte die Gedanken an ihre erfolglose Suche. »Wo ist Einstein?«, fragte sie stattdessen. »Hat er heute schon was zu essen bekommen?« Quentin lachte, und im selben Moment ging die Tür auf. Ein junger Typ spazierte in den Laden, und Quentin sprang auf. Während Lisa auf ihrem Stuhl festfror, denn der vermeintliche Kunde war niemand anders als **Leander**.

»Ich möchte nichts kaufen«, sagte er. »Ich will nur kurz mit Lisa sprechen. Wir gehen in dieselbe Schule.«

Quentin war sehr geschult darin, seinen Kunden oder Nichtkunden genau so zu begegnen wie sie ihm. Wortlos deutete er auf seine Nichte und zog sich in den hinteren Teil des Ladens zurück.

»Ich wollte dich wiedersehen«, sagte Leander.

»Ich habe dich auch schon gesucht«, erwiderte Lisa und hätte sich im gleichen Moment ohrfeigen können. Was würde er jetzt von ihr denken?

Doch so schlimm war es nicht, im Gegenteil, jetzt lächelte er.

»Du hast mich bei unserem Treffen vor dem Regen gerettet, und ich wollte mich bedanken.«

»War da jemand am Fenster?«

»Du hast es bemerkt?«, fragte Leander, und in diesem Moment passierte etwas. Er atmete auf, und sein Gesicht wurde ganz weich, fast so, als hätte jemand ein Kilo Creme darübergeschmiert.

»Was war los?«, fragte Lisa.

»Keine Ahnung«, erwiderte Leander. »Seit einiger Zeit fühle ich mich verfolgt. Ich weiß nicht, ob es stimmt, aber es fühlt sich so an.«

Lisa versuchte, sich ihr Erstaunen nicht anmerken zu lassen. Stattdessen griff sie nach ihrem Handy und dem Haustürschlüssel, die vor ihr auf dem Tisch lagen, steckte beides in die Hosentasche und stand auf. »Quentin, wir gehen eine Runde spazieren. Ich bin bald wieder da«, rief sie einmal quer durch den Laden, und ihr Onkel nickte. Dann schob sie Leander ins Freie hinaus und schloss von außen die Tür. »Ich möchte nicht, dass mein Onkel etwas davon mitbekommt«, sagte sie wie zur Entschuldigung.

Sie liefen die Straße hinunter und steuerten den Holzplatz an, einen wunderschönen Flecken Grün inmitten der Stadt. Dort stand ein denkmalgeschütztes Jugendstilpissoir, das sie an Wien erinnerte und an die öffentlichen Toiletten aus dem vorigen Jahrhundert.

»Hast du eine Ahnung, wer dich verfolgt?«, fragte Lisa und setzte sich auf die Rückenlehne einer Parkbank. Leander blieb stehen und lief unruhig auf und ab. »Ich weiß ja nicht einmal, ob es stimmt, es ist mehr so ein Gefühl. Seltsamerweise begann es am selben Tag, als die Sache mit den Plakaten anfing.«

»Hast du denn jemanden gesehen?«

»Als ich bei dir im Laden war, hat jemand durchs Fenster geguckt, ich meine, es war ein Schüler unserer Schule.«

»Wer denn?«, fragte Lisa.

»Ich kenne ihn nur vom Sehen«, sagte Leander. »Er ist älter als wir, Oberstufe vielleicht.«

»Hast du eine Idee, warum er dich verfolgen sollte?«, fragte Lisa. »Hast du etwas angestellt, vielleicht die Prüfungsaufgaben der Abschlussklausuren geklaut? Gehört dir etwas Wertvolles, oder bist du im Besitz geheimer Informationen?«

»Im Besitz geheimer Informationen?« Leander musste lachen und setzte sich neben Lisa. »Du guckst wohl zu viele Spionagefilme?«

Lisa wurde rot. »Also, ich kann mir das einfach nicht erklären. Aber falls du denkst, das hing mit den Plakaten zusammen – das ist ja nun vorbei.«

Leander zog die Augenbrauen hoch. »Das glaubst du«, sagte er. »Seit gestern gibt es eine Facebook-Seite, auf der Dutzende von Schülern debattieren, was es mit **diesem Club** auf sich haben könnte. Sie wollen beitreten, wissen aber nicht, wie es funktioniert. Sie lehnen ihn ab, ohne ihn zu kennen. Sie lieben ihn, weil er Farbe in ihr Leben gebracht hat, und sind begeistert, weil endlich etwas passiert. Oder sie sind dagegen, weil ein anderer, den sie nicht mögen, dafür ist.«

Leander hatte sich in Rage geredet, seine Wangen glühten,

und bei all den Funken, die er versprühte, hatte Lisa den Eindruck, dass er sich über diese Entwicklung ärgerte.

»Für einen kurzen Moment habe ich geglaubt, du steckst hinter diesem Club«, sagte Lisa. Ihren Traum ließ sie unerwähnt, auch die Sache mit den Marmorbüsten und den Straßennamen, aber es genügte auch so, Leander schien erstaunt.

»Ich? Wie kommst du denn darauf?«, fragte er und lachte. Doch dann wurde er ganz schnell wieder ernst. »Ich denke, dass meine Verfolgung und die Sache mit dem Club etwas miteinander zu tun haben. Da ich gerne wüsste, warum man mir nachspioniert, wäre es wichtig, herauszufinden, was es mit diesem Club auf sich hat. Ich dachte, du könntest mir vielleicht ...?«

Er guckte sie aus großen, eismeerblauen Augen an, und Lisa verschluckte sich fast.

»Du dachtest, ich könnte dir dabei helfen?«, fragte sie und sprang von der Bank. Damit er die Freude in ihrem Gesicht nicht sah und auch nicht ihren Ausdruck von Verwirrung. Warum ausgerechnet sie? Der Typ war sympathisch und sah gut aus, der musste doch jede Menge Freunde haben?

»Na, was denkst du?«, fragte Leander. Er war jetzt ebenfalls von der Bank gesprungen und lief neben Lisa her.

»Warum nicht?«, sagte Lisa. Sie schlug den Weg zum Alten Südfriedhof ein, da gab es im Sommer genügend schattige Plätze und kühle Grabplatten, auf die man sich setzen konnte. Ein etwas morbider, aber sehr romantischer Ort, wie sie fand. Jedenfalls konnten sie dort ungestört plaudern, und etwaige Verfolger waren auf den schnurgeraden Kieswegen kilometerweit zu sehen.

Als Lisa das schmiedeeiserne Tor aufdrückte, quietschte es in den Angeln. Und die großen steinernen Engel verneigten ihre Häupter, nicht wirklich, aber das stellte sich Lisa gerne vor, wenn sie hierherkam. »Ein schöner Ort«, sagte Leander, und Lisas Herz schlug schneller, weil es ihm hier gefiel. Schweigend bummelten sie an Erzengeln, Putten und schweren Steinplatten vorbei, dann setzten sie sich auf eine Bank neben einem bemoosten Grab aus dem letzten Jahrhundert und überlegten.

»Jemand aus unserer Schule steckt hinter diese Sache mit dem Club, glaubst du das auch?«, fragte Leander nach einer Weile, und Lisa nickte.

»Kaum hatte die Direktorin mit der Polizei gedroht, gab es keine Plakate mehr«, erwiderte sie. »Aber was wollte er oder sie mit der Werbung für den Club bezwecken? **Aufregung schüren? Chaos veranstalten?**«

Leander schüttelte den Kopf. »Viel zu viel Arbeit für ein bisschen Chaos. Vergiss nicht, dass da jemand jeden Morgen Hunderte von Plakaten ankleben musste.« Er lachte, dann stützte er das Kinn in seine Hände und blieb minutenlang so sitzen. Unbewegt wie ein Marmorengel, verloren in Raum und Zeit. »Ich glaube, ich weiß es«, sagte er plötzlich, aber dann verstummte er wieder. »Es gibt nur einen einzigen Grund, warum jemand die Mühe mit den Plakaten auf sich nimmt«, sagte er schließlich, und Lisa war schon ganz zappelig, weil Leander es so spannend machte und sie sich überhaupt nicht vorstellen konnte, worauf er hinauswollte. »Das Ergebnis muss mit der Absicht übereinstimmen.«

»Wie bitte?« Lisa verstand kein Wort.

»Das, was passiert ist, sollte passieren!«

»Und was genau ist das?«, hakte Lisa nach.

»Der Club ist nun überall bekannt und Thema Nummer eins«, sagte Leander. »Es weiß zwar niemand, was seine Ziele sind und wer aufgenommen wird, aber die Schüler der Unter-, Mittel- und Oberstufe kennen ihn jetzt. Außerdem alle Lehrer, der Hausmeister und die Direktorin. Du kannst alle fragen, und kein Einziger wird antworten: *Hä? Welcher Club?*«

»Das ist richtig, das habe ich mir noch gar nicht überlegt«, sagte Lisa. Sie schlüpfte aus ihren Flipflops und malte mit den Zehen kleine Kringel in den Kies. Wem aber hilft es, wenn alle einen dubiosen Club kannten, der vielleicht existierte, vielleicht aber auch nicht? Nachdenklich biss sie auf ihrer Unterlippe herum, dann blickte sie den Kiesweg hinunter und sah gerade noch, wie sich jemand hinter einem Grabstein duckte. Es konnte Zufall sein, ein Besucher, der Blumen goss und Unkraut rupfte. Oder ein Tourist, der die verwitterte Inschrift auf dem Stein polierte, um sie besser lesen zu können.

»Wir finden heraus, wer oder was hinter diesem Club steckt«, sagte sie. »Und ob dich jemand verfolgt oder nicht, werden wir sehen.«

Und als Leander sie daraufhin anlächelte, meinte sie, die steinernen Engel singen zu hören. Doch vermutlich war es nur das Quietschen des Tores, das urplötzlich seltsam romantisch und wie Musik in ihren Ohren klang.

06

FÜR SAMSTAG war Regen vorhergesagt. Leander hatte versprochen, im Trödelladen vorbeizukommen, und nun saß er mit Lisa und Quentin an einem der kleinen Tische und schlürfte Eistee. Lisa hatte ihren Laptop auf den Knien und klickte sich durch die Facebook-Seite, auf der die Schüler ihrer Schule über den geheimnisvollen Club debattierten. Und das sah ungefähr so aus:

- Blödsinn mit diesem Club, den gibt's nicht.
- Das ist wie bei den Freimaurern, die Mitgliedschaft war geheim, und niemand wusste, was sie taten, finde ich gut.
- Ich tippe auf einen Kochclub.
- Der Mut besteht darin, mitmachen zu wollen, ohne irgendetwas zu wissen, gefällt mir.
- Gibt es noch mehr solcher unkritischer Mitläufer?
- Es ist ein Kampfsportclub.
- Irgendwas mit Drogen.

- Ich tippe auf eine Minderheitenvertretung.
- Und wer soll diese Minderheit sein? Dreibeinige Katzen oder Schüler mit dem Notendurchschnitt von 1,0?
- Idiot!

Lisa seufzte und klappte den Laptop zu. »Unglaublich, wie viele Einträge es schon gibt. Hunderte in nur wenigen Tagen.«

»Da schafft jemand viel Aufmerksamkeit für sich und seine Sache«, sagte Leander.

Quentin klopfte ihm anerkennend auf die Schulter, und Lisa war überrascht. Ihr Onkel hatte sich überhaupt keine Sorgen gemacht, als sie ihm Leander (nun doch etwas ausführlicher) vorgestellt hatte. Er schien Leander zu mögen und behandelte ihn genauso freundlich wie Babette oder Jenny.

»Wie können wir denn herausfinden, wer hinter der Sache steckt?«, fragte Lisa, und die kleine Runde versank in Schweigen.

»Kann man sehen, wer diese Facebook-Seite leitet?«, fragte Quentin, der vom Internet nicht viel Ahnung hatte.

»Leitet?«, fragte sie und lächelte verschmitzt. »Nein, Quentin, Schüler unserer Schule haben sie eingerichtet.«

»Vielleicht sollten wir andersherum denken …«, sagte Leander, und auf Quentins Gesicht erschien ein Leuchten, als würde sich die Abendsonne in einem Bergsee spiegeln. Andersherum zu denken gefiel ihm, so viel war sicher. »Eine gute Idee«, sagte er und stand auf. »Lasst euch von mir nicht weiter stören, ich habe noch zu tun.« Mit diesen Worten griff er nach seinem Glas und verschwand im hinteren Teil des Ladens.

»Wenn wir mit dem Club nicht weiterkommen«, sagte Leander, »müssen wir uns dem anderen Problem zuwenden. Ich fühle mich verfolgt, und die Frage ist, warum ich mich so fühle oder wer mir folgt. Wir könnten …« Leander begann zu flüstern, und Lisa beugte sich über den Tisch, um ihn besser verstehen zu können.

Babettes Zimmer lag unter dem Dach, und wenn es regnete, konnte sie das Prasseln der Tropfen auf den Dachzinnen hören. Im Sommer wurde es extrem heiß und im Winter sehr kalt, aber sie liebte es, ganz oben zu wohnen. Jetzt saß sie vor dem Computer und klickte sich durch die Facebook-Seite zum Club. Es war unglaublich, wie viele Einträge es dort schon gab, und sie nahm sich die Zeit, jeden einzelnen zu lesen. Je weiter sie sich durch die Postings scrollte, umso aufgeregter wurde sie. Es war tatsächlich so: Dieser Club ähnelte einem Geheimbund, und niemand hatte die leiseste Ahnung, was sich dahinter verbarg. Kein Schüler und erst recht keine Eltern. Babette spürte, wie etwas in ihr explodierte. Eine Silvesterrakete, die freudvolle Funken sprühte und etwas in ihr zum Brennen brachte.

Keine Eltern, überlegte sie, das hieß keine Kontrolle, keinen Einfluss, keine Fragen. Und für einen kurzen Moment schämte sie sich für ihre Gedanken. Für einen sehr kurzen.

»Babette, was machst du?«, hallte die Stimme ihrer Mutter

durchs Haus, aus der Küche klang das Klappern von Geschirr herauf, und Babette atmete unmerklich schneller.

»HAUSAUFGABEN!«, rief sie, und das Klappern in der Küche ging weiter, denn *Hausaufgaben* war eine gute Antwort. *Internet* dagegen rangierte auf der Liste schlechter Antworten ganz oben. Genauso wie *Nichts*, dieses kleine Wort brachte ihre Mutter in Sekundenschnelle dazu, zwei Stockwerke hinaufzueilen, um nachzusehen, woraus dieses *Nichts* bestand oder ob sich dahinter nicht etwas anderes, Gefährlicheres verbarg.

Babette loggte sich auf der Seite ein und gab einen Kommentar ab. **»Ich tippe auf eine Minderheitenvertretung«,** schrieb sie und erhielt prompt einen Kommentar. **»Und wer soll diese Minderheit sein? Dreibeinige Katzen oder Schüler mit dem Notendurchschnitt von 1,0?« Idiot**, dachte Babette, und genau das antwortete sie auch. Dann lehnte sie sich zurück, schloss die Augen und überlegte. Wenn sie ehrlich war, wünschte sie sich nichts mehr, als in diesen Club aufgenommen zu werden. In einer geheimen Aktion und ohne dass jemand davon erfuhr. Sie würde es auch nicht auf Facebook posten, keine Reden schwingen oder Fragen beantworten. Sie wäre einfach nur dabei. Und plötzlich erschien ihr der Club als Verheißung, als rettende Tür in einem kontrollierten Alltag. Wie ein schmaler, grün beleuchteter Notausgang in einem Kino oder Flugzeug.

Jenny traf sich an diesem Nachmittag mit den Bewerberinnen und Bewerbern für das Amt der Schülervertreter. Es gab zwei Kandidaten aus der Unterstufe, zwei aus der Mittel- und zwei aus der Oberstufe. Und Herr Bronski (Lehrer für Deutsch/Geschichte) betreute die Wahl.

Das Treffen fand in einem Café am Sendlinger Tor statt. »Schön, dass ihr gekommen seid«, sagte Herr Bronski zur Begrüßung. Dann bestellten sie Getränke und Kuchen, und es dauerte eine ganze Weile, bis er weiterreden konnte. »Gewählt wird in drei Wochen, nur zwei von euch erhalten den Posten. Erfahrungsgemäß geben die Schüler aus der Unterstufe ihre Stimme einem Kandidaten aus der Unterstufe, ebenso ist das in der Mittel- und Oberstufe. Deshalb solltet ihr den Wahlkampf auf eure Altersgruppe zuschneiden. Wir werden eine öffentliche Konferenz in der Aula abhalten, und ihr habt Gelegenheit, allen Schülern zu erklären, wofür ihr euch einsetzt.«

Jenny blickte sich um. Das war jetzt das zweite Treffen, die Kandidaten kannten sich schon, und die anfängliche Aufregung hatte sich gelegt. Aus der Unterstufe traten ein Max und ein Moritz an. *Ritzeratze, voller Tücke in die Brücke eine Lücke*, so hieß es doch bei Wilhelm Busch, dachte Jenny und schmunzelte über die zwei Jungs, die haargenau so aussahen, als wären sie der Geschichte entsprungen. Für die Mittelstufe kandidierten sie und Clarissa aus der 10 b. Die Oberstufe wartete mit zwei Schülern aus der elften Klasse auf: Agnes König (sie war eine Cousine von Babette) und Frank Zehetmaier (dem Neffen der Direktorin).

»Ihr solltet euch ein oder zwei Themen suchen, das müsste reichen«, sagte Herr Bronski.

»Ich bin für den Club«, sagte Max wie aus der Pistole geschossen.

»Und ich dagegen«, erwiderte Moritz, ebenso zielsicher.

Es war Herrn Bronski anzumerken, dass er am liebsten die Augen verdreht hätte, aber er konnte sich gerade noch beherrschen. »Macht, wie ihr meint«, sagte er. »Aber ich persönlich fände ernsthafte Themen besser.«

Gekonnt beugte sich Clarissa über den Tisch und tippte sich an die Nasenspitze. »Wie wäre es mit einem Schulgarten, einer Notengebung für Lehrer oder einer Schülerbegleitung zum Arbeitsamt?«

Die anderen starrten sie an. Jenny traute ihren Ohren nicht. Kam diese Tussi von einem anderen Planeten oder aus einer Familie von Politikern?

Doch Herr Bronski schien hocherfreut. »Phantastisch«, sagte er. »Das sind Themen, die berühren und angenommen werden.«

Berühren und angenommen werden? Notengebung für Lehrer und Arbeitsamt? Das wagte Jenny zu bezweifeln. Das Einzige, was hier berührte, waren Clarissa und ihr tiefes Dekolleté, mit solchen Sachen kannte sich Jenny aus. Zum Glück war sie selbst auch sehr hübsch und konnte auf derselben Geige spielen. »Wie wäre es denn mit einem Fitnessparcours?«, fragte sie, und ihr Lächeln warb für Zahnpasta, Zahnseide und den richtigen Zahnarzt. »Mit einer Schulpartnerschaft in den USA und Hilfestellungen für Lernschwache?«

Herr Bronski verschluckte sich an seinem Tee, hustete und war überwältigt. »Ich sehe, das geht alles in die richtige Richtung«, sagte er, nachdem ihm der Neffe der Direktorin auf den Rücken geklopft hatte und er wieder sprechen konnte.

»Das freut mich«, sagte Jenny. Aber das war gelogen. Denn eigentlich fand sie den Vorschlag von Max und Moritz gar nicht so schlecht. Er war ehrlich und entsprach der Realität der Schüler. Gegen die ominöse Sache mit dem Club machten Arbeitsämter, Fitnessparcours und Schulpartnerschaften keinen Schnitt, so viel war sicher. Und wäre sie nicht selbst zur Wahl angetreten, hätte sie den beiden Jungs Alles Gute gewünscht.

07

IN EINER OPER gibt es zu Beginn die Ouvertüre. Es ist die Einleitung, die Hinführung zur Handlung. Zu Liebe, Verrat und Tod. In der Sache mit dem geheimen Club gab es diese Ouvertüre auch.

Am Montag fand sie ihr Ende, die Handlung setzte ein.

Der Vorhang ging auf, und der Held betrat die Bühne.

Er hieß Mike, Mike Landauer, und besuchte die zehnte Klasse. Er war ein Ass in Mathe und hatte einen Intelligenzquotienten, der so hoch war wie der von Bill Gates oder Stephen Hawking.

Es war kaum zu glauben: Aber Mike war vom Club aufgenommen worden – als Erster!

Noch vor der großen Pause postete er es auf Facebook: **Ich habe den Wirbel um diesen Verein eher argwöhnisch betrachtet und hätte nie gedacht, dass ausgerechnet ich aufgefordert werde, beizutreten. Seit Freitag bin ich nun Mitglied, und es ist das Großartigste, was mir je passiert ist. Ich kann es nur empfehlen: eine tolle Gemeinschaft, viel Spaß – es ist einfach phantastisch!**

Nur wenige Minuten später sprach es sich herum wie ein Lauffeuer: **Mike Landauer aus der 10 b war Mitglied des Clubs**!

»Das darf nicht wahr sein«, stöhnte Babette. »Es ist ein Eliteclub, etwas für absolute Intelligenzbestien!« Sie war auffallend blass und knetete nervös ihre Hände.

»Bis jetzt ist es ja nur eine Intelligenzbestie«, erwiderte Lisa.

»Aber irgendwie hat Babette recht«, sagte Jenny. »Das Einzige, was Mike auszeichnet, ist seine Begabung in Mathe und Physik. Er sieht weder besonders gut aus, noch ist er wahnsinnig beliebt.«

Das mit der Beliebtheit änderte sich jedoch schlagartig.

Bereits in der zweiten Pause war Mike von so vielen Schülern umringt, dass er Mühe hatte, nicht erdrückt zu werden, und auf der Mädchentoilette war nur noch von einem einzigen Jungen die Rede: **Mike, dem Superstar.**

»Wisst ihr, ob er eine Freundin hat?«, fragte eins der Mädchen, und sofort stürzte eine Horde kreischender Schülerinnen vor die Spiegel und zückte ihre Kajalstifte.

»Das ist ja nicht auszuhalten«, sagte Lisa, als der Gong ertönte und die Schüler zurück in die Klassenzimmer gingen.

»Vielleicht sollten wir mal mit ihm reden«, sagte Babette. »Ich würde wirklich gerne wissen, worum es bei diesem Club geht und wer da aufgenommen wird.«

»Das kannst du ja mal probieren«, erwiderte Jenny und deutete aus dem Fenster. Auf dem Pausenhof versuchten Klassenkameraden, Mike Landauer einen freien Rückzug in die

Schule zu ermöglichen. »Wenn ich er wäre, würde ich die nächsten Tage zu Hause bleiben.«

Und genau das tat Mike. Als endlich alle Schüler in ihren Klassen waren, drehte er sich auf dem Absatz um und ging nach Hause. Spazierte einfach so vom Schulhof, und das war's.

Die Zurückgelassenen, Hoffenden und Neugierigen knirschten mit den Zähnen. Sie hängten sich ins Netz und versuchten, etwas herauszufinden. Sie befragten Mikes Mitschüler. Und sie machten sich ihre eigenen Gedanken.

»Der Typ ist extrem intelligent«, erklärte Schmacht-Schulze nach dem Unterricht auf dem Pausenhof. »Ich habe das mal recherchiert. Menschen mit hohem IQ glauben selten an Gott, brauchen nur wenig Schlaf und haben ein gutes Liebesleben.«

Und weil Mike nicht mehr da war, hörte man Schmacht-Schulze zu, und vielleicht war es ja gar nicht so blöd, was er sagte. So erfuhr man eventuell etwas über Mikes Vorlieben, und alles, was es da gab, konnte den Club bewogen haben, ihn aufzunehmen. »Wie war das?«, riefen die Schüler. »Kannst du das noch mal sagen?«

»Menschen mit hohem IQ glauben selten an Gott, brauchen nur wenig Schlaf und haben ein gutes Liebesleben«, wiederholte Schmacht-Schulze, grinste und verließ das Schulgelände.

Am nächsten Tag schwänzten mehr als dreißig Schüler den Religionsunterricht. Geschlafen hatten in dieser Nacht nur wenige, und auf dem Pausenhof wurde so heftig geflirtet, dass die Lehrer die Aufsicht verstärkten. Hunderte von Anfragen waren auf Facebook gepostet worden, aber Mike war in der Versenkung verschwunden und meldete sich nicht mehr.

Leider war auch Leander verschwunden, er lag mit einer dicken Erkältung im Bett. Jenny kämpfte für ihre Wahl und hatte beschlossen, sich durch nichts mehr ablenken zu lassen, und so lag es an Lisa und Babette, sich mit den Ereignissen zu beschäftigen.

»Ich finde das unglaublich aufregend«, erklärte Babette, als die beiden nach der Schule am Stachus saßen und mit den Füßen im kühlen Nass des Springbrunnens planschten.

»Ja, ich auch«, sagte Lisa und verstummte. Noch hatte sie ihren Freundinnen nichts von Leander erzählt, aber das war vielleicht auch egal. Sie sah Babette an, und jetzt erst bemerkte sie, wie bleich ihre Freundin war. Leichenblass und ziemlich nervös.

»Ist alles okay mit dir?«, fragte Lisa vorsichtig.

»Ich weiß nicht«, sagte Babette. »Dieser Club … also, ich wäre da schon gerne Mitglied.«

Es war nicht das, was sie sagte, sondern wie sie es sagte. Babette wirkte plötzlich so zerbrechlich. Wie der junge Vogel, der letztes Jahr im Wiener Stadtpark aus dem Nest gefallen war und den Lisa zum Tierarzt hatte bringen müssen.

»Was versprichst du dir davon?«, fragte Lisa.

»Ich weiß nicht«, sagte Babette. »Mir gefällt es einfach, dass er so geheim ist. Wäre ich da drin, wäre ein Stück von mir weg. Also, ich meine …«

Lisa nickte, sie wusste, was Babette sagen wollte.

Es war ein riesiger Mist, dass ihre Freundin so überfürsorgliche Eltern hatte. Sie erdrückten sie mit ihrer Liebe, und vielleicht war es so, dass auch Babette gerade aus dem Nest fiel.

»Kann ich etwas für dich tun?«, fragte Lisa.

Jetzt lächelte Babette wieder. »Hilf mir, herauszufinden, wer in diesen Club aufgenommen wird.«

»Bis jetzt ist ja nur einer aufgenommen worden«, sagte Lisa. »Also einer, von dem wir wissen. Ich glaube, du kannst dich entspannen. Da ist noch alles drin.«

Doch aus dem Entspannen wurde nichts.

Denn am Mittwoch postete Jean Diabang, ein Schüler der 8 c, dass er das neueste Mitglied im Club sei und sich freue, zu den *Auserwählten* zu gehören. Ein Aufschrei ging durchs Städtische, wieder einer, und diesmal kein Gottloser mit hohem IQ, wenig Schlaf und aufregendem Liebesleben. Nein, Jean Diabang war ein durchtrainierter Sportler, Sieger bei den Landesmeisterschaften im Schwimmen, ein gut aussehender und charmanter Typ. Jean Diabangs Eltern kamen aus dem Senegal, waren Elternsprecher und stolz auf die Trophäen, die ihr Sohn nach Hause brachte. Mehr wusste man nicht über sie, und noch weniger wusste man über ihren Sohn. Zumindest nicht in den höheren Klassen.

Allerdings ging Jean mit der Situation anders um als Mike. Nach dem Unterricht stellte er eine Holzkiste auf den Pausenhof, kletterte hinauf und hielt eine Ansprache. Vor über hundert Zuhörern, aber das war wenig erstaunlich. Viel erstaunlicher war, was er sagte, denn er sagte NICHTS. Nur wie glücklich er war und wie wichtig es für ihn und sein weiteres Fortkommen sei. **Wichtig, bedeutend, phantastisch.** Ansonsten nichts. Er erklärte weder, wer ihn ausgewählt, noch, wie es zu der Mitgliedschaft gekommen war oder was der

Club den lieben langen Tag über trieb. Die Fragen aus der Menge überhörte er einfach. Und schließlich verkündete er, er sei müde. Er wolle jetzt nach Hause gehen und schlafen, und die Menge schrie auf. Schlafen, nicht schlafen, was genau sollte man tun? Doch Jean beantwortete die Frage nicht, er stieg einfach von seiner Kiste herunter und ging.

Und wer gedacht hatte, dass auch er in den nächsten Tagen zu Hause blieb, täuschte sich. Am nächsten Morgen war Jean wieder da, aber er beantwortete weiterhin keine einzige Frage und ließ sich durch nichts aus der Ruhe bringen.

Und wieder war es **die** Gelegenheit für Schmacht-Schulze. Am nächsten Nachmittag postierte er sich auf dem Pausenhof (er war groß und brauchte keine Kiste) und erklärte seinen Zuhörern, was sportliche Menschen auszeichnete: Sie schwitzten schneller, alterten langsamer und gingen mit mehr Selbstbewusstsein durchs Leben. Bei dem Wort Selbstbewusstsein horchten alle auf, denn das hatte Mike auch, und vielleicht lag hierin die Verbindung? Aber das war natürlich noch nicht alles, Schmacht-Schulze sprach auch noch über Ernährungsfragen und gut strukturierte Tagesabläufe. Er kam völlig in Fahrt, und dass Jean Diabang unter den Zuhörern war und jedes Mal laut lachte, schien ihn nicht zu stören.

Diesmal war sogar Jenny dabei. »Ich muss mein Ohr am Puls der Zeit haben«, erklärte sie, und sie dachte dabei an Max und Moritz, die das sehr früh und richtig erkannt hatten.

»Dann können wir uns jetzt auch mit dir wieder über den Club unterhalten?«, fragte Babette, und Jenny nickte.

Leander war leider immer noch krank und Lisa dazu übergegangen, ihn an den Nachmittagen ausführlich per Mail zu informieren, manchmal telefonierten sie auch. »Einen Vorteil hat es, dass du im Bett liegst«, sagte Lisa bei einem ihrer Telefonate. »Jetzt brauchst du dich nicht mehr verfolgt fühlen.«

»Aber ich sehe dich nicht«, hatte Leander geantwortet. Und Lisa war fast umgefallen vor lauter seltsamen Gefühlen und dem plötzlichen Wirrwarr in ihrem Kopf. Doch zum Nachdenken kam sie nicht. Denn am Donnerstag postete Sandra Müller aus der Elften, dass sie das neueste Mitglied im Club sei. Und nun fielen wirklich alle um.

Sandra Müller war eine ganz normale Schülerin. Sie war weder extrem gut in der Schule noch ausgesprochen sportlich oder besonders hübsch. Die meisten kannten sie nicht einmal, was sich aber schnell änderte. Sie war das erste Mädchen, das seine Mitgliedschaft bekannt gab, und in wenigen Minuten wurde sie zur Ikone aller Mädchen, was auch immer das heißen mochte.

Sandra Müller fightet für uns, hatten Mädchen aus der Unterstufe auf ein Plakat geschrieben, und die Mädchen aus der Mittel- und Oberstufe begrüßten sich jetzt mit dem Handschlag der Boxer. Überhaupt bekam das ganze Ding von wegen *Mädchen sein* durch Sandra Müller eine völlig neue Bedeutung. Es war nicht wichtig, wie man aussah oder was man konnte, ob die Hausaufgaben gemacht, die Haare perfekt geföhnt waren oder das Make-up saß, all das war egal. Sandra Müller hatte neue Wege eröffnet, und die Mädchen jubelten.

Kaputt gemacht wurde das Szenario ausgerechnet von

Schmacht-Schulze, der es sich nicht nehmen ließ, auch Sandra Müller zu kommentieren. Er hatte ordentlich recherchiert und hielt seine Rede am Freitag auf dem Pausenhof.

Das neue Clubmitglied war gar nicht so ohne, wie es schien: Sandra hatte Haustiere. Sie besaß einen Aal, den sie in ihrer alten Babywanne im Badezimmer hielt, und einen reinrassigen Terrier. **»Menschen mit Rassehunden leben angepasst und wollen nicht anecken«**, erklärte Andi Schulze, und der Aal wäre als Sinnbild des *Sich-davon-Schlängelns* genau so zu verstehen. Alles in allem zeichnete er kein sonderlich schönes Bild von Sandra Müller, aber da die Anwesenden versessen auf jede Information waren, die ihnen weiterhalf, war das nicht so schlimm. Diejenigen, die Haustiere besaßen, atmeten erleichtert auf, und die anderen sackten hoffnungslos in sich zusammen. Keiner der Zuhörer versuchte sich zu erinnern, ob bei Mike Landauer oder Jean Diabang von Haustieren die Rede gewesen war, von Hunden oder gar Aalen. Jetzt waren die Haustiere dran, und alle hängten sich rein, als wäre dies der Schlüssel zum Glück, zur **Mitgliedschaft im Club**. Und die einzige Möglichkeit, dabei sein zu können.

08

LISA LAG IN IHREM ZIMMER auf dem Bett und starrte an die Decke. Intelligenz, Sport, Haustiere, was würde noch alles kommen? Und warum waren alle so wild darauf, dem Club beizutreten? Im Moment erschien das Städtische wie eine seltsame Casting-Show. Auserwählte traten auf, und Moderatoren wie Andi Schulze nutzten die Gelegenheit, um sich am Rande der Veranstaltung in den Vordergrund zu spielen. Schmacht-Schulze machte das gut, das musste man ihm lassen. Mit einer gehörigen Portion Witz brachte er den Wahnsinn haargenau auf den Punkt. Doch vermutlich merkte er es nicht einmal, und es lag auch nicht in seiner Absicht.

»Macht nur«, murmelte Lisa. »Schlaft viel oder wenig, geht schwimmen und kauft euch Haustiere oder einen Aal.« Sie kicherte, dann stand sie auf, schlüpfte in ihre Flipflops und schlurfte ins Wohnzimmer. Quentin saß in seinem Lieblingssessel, rauchte eine Zigarre und blickte erstaunt auf.

»Ich kann nicht schlafen«, sagte Lisa. »Mir geht so viel durch den Kopf.«

Quentin drückte die Zigarre aus. »Hol dir eine Decke und

leg dich aufs Sofa. Ein wenig Gesellschaft wird uns beiden guttun.«

»Es ist merkwürdig, dass Papa und du Brüder seid«, sagte Lisa, als sie in ihre Decke gewickelt auf der Couch lag. »Ihr seid so verschieden.«

»Das waren wir immer schon«, sagte Quentin und lachte. »Aber das ist ja das Spannende. Also sag, worüber denkst du nach?«

Lisa lächelte, das mochte sie an Quentin. Er redete nicht lang herum, sondern kam gleich zur Sache. Ganz anders als ihre Eltern, die wochenlang gebraucht hatten, um ihr die Sache mit Brasilien zu erklären.

»Ach, das ist alles ganz schön krass«, sagte Lisa. »Es ist irgendwie verrückt, aber nun geht es nicht mehr nur um den Club. Sondern um Mike, Jean und Sandra, die neuen Mitglieder. Und um Schmacht-Schulze, einen seltsamen Typen aus meiner Klasse.«

Und dann erzählte sie Quentin in aller Ausführlichkeit, was in den letzten Tagen passiert war.

»Sie hat einen Aal zu Hause?«, fragte Quentin erstaunt. »Auf was für Ideen die Leute kommen.«

Lisa lachte. »Jetzt wollen jedenfalls alle einen Aal.«

Quentin lehnte sich zurück und lachte auch. So heftig, dass ihm fast die Tränen kamen. »Das muss wirklich spaßig sein in eurer Schule. Ob wir deinen Eltern davon berichten sollten?«

»Auf keinen Fall, nein«, kreischte Lisa.

»Und was sagt dein junger Freund zu dieser Sache?«

»Leander? Der war die ganze Woche krank. Jenny ist mit

sich und ihrer Wahl beschäftigt, und Babette … na ja, ich glaube, sie wäre selbst gern Mitglied. Aber das ist nichts Besonderes, denn fast alle wünschen sich, in den Club aufgenommen zu werden.«

»Es ist interessant«, sagte Quentin, »wie die Wege plötzlich auseinandergehen. Vielleicht spukt das in deinem Kopf herum?«

Ob ihr Onkel recht hatte? Lisa wusste es nicht, spürte aber plötzlich eine bleierne Müdigkeit und hatte Mühe, die Augen offen zu halten.

»Schlaf nur«, sagte Quentin. »Und ich pass ein bisschen auf dich auf.« Sie hörte noch, wie er sich ein Glas Wein einschenkte, dann wurde es dunkel um sie herum, und sie schlummerte ein.

Und wieder träumte sie, diesmal jedoch von der Olympiade. Jean Diabang stand auf der Siegertreppe und bekam die Goldmedaille überreicht. Er strahlte in die Fernsehkameras und verkündete, dass er ohne den Club sein Ziel nie erreicht hätte. Und weltweit saßen die Leute vor den Fernsehern und nickten wie Hartplastikdackel, die in Autos auf der Ablage hinter dem Rücksitz standen. »Muss man denn gut schwimmen können, um dem Club beizutreten?«, fragte ein Reporter.

»Wie ein Aal«, erwiderte Jean Diabang und lachte dabei so herzlich, dass die ganze Welt sich freute.

Als Lisa aufwachte, lag sie immer noch im Wohnzimmer, durch die Ritzen in den Jalousien drangen bereits erste Sonnenstrahlen.

Sie sprang auf und lief in ihr Zimmer, es war Wochenende und ein hervorragender Tag, um schwimmen zu gehen. Sie kramte in ihrem Schrank nach dem Bikini und einem Badetuch, stopfte alles in eine große Tasche und machte sich auf den Weg zur Isar.

Der Fluss lag wie ein grün glitzerndes Band in der Sonne, und auf den angrenzenden Wiesen und Steinstränden tummelten sich bereits die ersten Sonnenhungrigen. Lisa ging über die Brücke und hielt ihr Gesicht in den Wind, dort hinten war das Deutsche Museum, und wenn man in die andere Richtung blickte, konnte man in der Ferne die Schornsteine des Heizkraftwerkes sehen. Wie ausgestreckte Finger zeigten sie in den Himmel, und Lisa versuchte zu erkennen, ob dort oben irgendetwas war. Doch außer ein paar Wolken und einer Vielzahl kreischender Vögeln gab es nicht das Geringste zu sehen.

Lisa grinste, ihre Phantasie ging mal wieder mit ihr durch, es wurde höchste Zeit, dass sie mit Menschen sprach, die sachlicher waren. Mit Jenny und Babette zum Beispiel, mit denen sie sich hier gleich treffen würde. Wobei das Wort sachlich auf keine ihrer Freundinnen zutraf, aber sie schwebten eben nicht ganz so stark im Wolkenkuckucksheim wie sie selbst.

In diesem Moment klingelte ihr Handy, es war Leander. Er war wieder gesund und mit einem Freund auf dem Weg zur Isar. Für einen kurzen Moment überlegte Lisa, ob sie ihn nicht fragen sollte …? Doch dann verwarf sie den Gedanken, ihre Freundinnen wussten noch nicht, dass sie ihn kennengelernt hatte, und Mädchentreff war Mädchentreff. Schweren Herzens verabschiedete sie sich, steckte ihr Handy weg, verließ die Brücke und stieg die Stufen zu den Isarauen hinunter.

Jenny und Babette waren schon da. Sie lagen auf quietschgelben Badehandtüchern und rekelten sich in der Sonne. »Wird aber auch Zeit«, sagte Jenny etwas genervt. »Bis du kommst, ist der Vormittag rum.«

»Sie hat schlechte Laune«, erklärte Babette, aber das war nicht zu übersehen.

»Warum, was ist denn los?«, fragte Lisa. Sie zog ihr Badehandtuch aus der Tasche und legte es neben die anderen.

»Ach, die Wahl. Niemand interessiert sich so richtig dafür.« Jenny griff nach ihrer Sonnencreme und schmierte sich ein. »Der Club stiehlt uns die Show, und wenn das so weitergeht, liegen meine Nerven bald richtig blank. Ich brauche Themen, die unsere Schüler begeistern, aber anscheinend gibt es im Moment nur ein einziges, und das besetzen Max und Moritz.«

Und dann schilderte sie die ganze Misere und machte das so herrlich emotional, dass Lisa und Babette sich vor Lachen bogen.

»Ihr nehmt mich nicht ernst«, beschwerte sich Jenny, aber das provozierte nur einen neuen Lachflash. Lisa wischte sich die Tränen aus den Augen, dann verstummte sie plötzlich und sprang auf.

»Ich hab's, Jenny. Ich weiß, was wir machen!«

Sie tanzte eine kleine Showeinlage mit arabischem Hüftschwung und ließ sich lachend auf ihr Handtuch fallen. »Aber zuerst muss ich euch von Leander erzählen!« Und dann berichtete sie ihren Freundinnen, wie sie den Jungen mit den eismeerblauen Augen kennengelernt hatte, einen Typen, der sie an Robert Redford erinnerte und an die Filmplakate ihrer Eltern. Sie erzählte von ihrem Spaziergang über den Südfriedhof und seinen Überlegungen zum Club. Nur von seiner Vermutung, verfolgt zu werden, sagte sie nichts.

»Ihr habt euch auf dem Friedhof getroffen?«, fragte Babette und zog die Augenbrauen hoch. **»Wie schräg ist das denn?«**

»Deshalb hast du mich also nach ihm gefragt«, sagte Jenny und grinste. »Ich kenne ihn ja nur vom Sehen, aber ich glaube, der ist okay.« Sie kniff Lisa in die Backe, so wie große Schwestern das bei kleineren Brüdern machten, dann wurde sie wieder ernst und zappelte ungeduldig herum. »Also, was ist jetzt mit deiner Idee?«

»Max tritt für die Wahl zum Schülervertreter mit der Aussage an, er sei für den Club«, sagte Lisa. »Moritz hält dagegen. Und du …«

»NUN SAG SCHON!«, rief Jenny.

»Du sagst, du wirst herausfinden, wer hinter dem Club steht, und sein Geheimnis lüften! Und wir helfen dir dabei: Babette und ich. Und Leander ist sicher auch mit von der Partie, wenn ihr nichts dagegen habt.«

Jenny war sprachlos. Sie starrte Lisa an, und es dauerte etwas, bis sie verstand. Aber natürlich, das war genial. Warum war sie nicht selbst darauf gekommen? Es war eine Sache, dafür zu sein, und eine andere, dagegenzuhalten. Was aber alle viel brennender interessierte, war die Frage, wer hinter all dem steckte und was der Club genau machte. Und der Versuch, es herauszufinden, konnte ihr Wahlversprechen sein. **Die Idee war phantastisch!**

Sie sprang auf, zog ihre Freundinnen von den Handtüchern hoch und sprang jubelnd um sie herum. Sie freute sich, und Lisa freute sich ebenfalls. Dass Babette ungewöhnlich ruhig blieb und nur wenig zu diesem Vorschlag sagte, fiel in dem ganzen Tohuwabohu gar nicht auf. Wochen danach sollten sich die Mädchen daran erinnern, aber das war später, viel später erst.

In diesem Moment hatten sie anderes im Kopf, und als Lisa jetzt auch noch Leander entdeckte, der keine zehn Meter entfernt von ihnen lag, ging Babettes Reaktion einfach unter.

»Was meint ihr«, sagte Lisa und wandte sich an ihre Freundinnen. »Kann ich ihn fragen, ob er zu uns kommt?«

Jenny nickte, und Babette warf einen schnellen Blick auf die Uhr. »Mist, ich habe den blöden Termin vergessen. Ich soll meinen Eltern beim Einkaufen helfen.«

»Heute?«, fragte Jenny überrascht. »Du wusstest doch, dass wir baden gehen wollten.«

Doch Babette sammelte bereits ihre Sachen ein.

»Schade«, sagte Lisa, und Babette nickte.

»Nicht böse sein, ihr wisst ja, wie meine Eltern sind. Ich ruf euch an.« Sie umarmte ihre Freundinnen und lief davon.

Jenny zuckte mit den Schultern, und Lisa bummelte zu den Jungs hinüber. Wenig später kamen Leander und sein Freund und breiteten ihre Handtücher neben Lisas und Jennys aus.

09

DAS MIT DEM VORSTELLEN war schnell erledigt. Leanders Freund hieß Sergio, kam aus Brasilien, und die Jungs kannten sich schon seit Kindertagen. »**Was gibt es Neues?**«, fragte Leander.

Das war das Stichwort. Abwechselnd berichteten Lisa und Jenny von den Vorkommnissen der letzten Woche und von Lisas Plan, Jenny bei der Wahl zu helfen, indem sie herausfanden, was es mit dem Club auf sich hatte. Leander grinste. »Ach, wirklich? Das hatte Lisa eigentlich mir versprochen!«

»Nur gemeinsam sind wir stark«, erwiderte Lisa. »Auch wenn die Motive ganz unterschiedlicher Art sind.«

»Kann ich mitmachen?«, fragte Sergio. »Ich gehe zwar nicht auf eure Schule, aber vielleicht ist das von Vorteil.« Er lächelte Jenny an. »Du solltest jedenfalls unbedingt gewählt werden, meine Stimme hättest du.«

Eigentlich baggerte er sie genauso an, wie Schmacht-Schulze das immer tat, aber auf Jenny hatte es eine völlig andere Wirkung.

»Das freut mich«, hauchte sie und rekelte sich auf ihrem

Handtuch. Vorsichtig sah Lisa zu Leander, aber der schien für Jennys Reize unempfindlich zu sein. Oder er befand sich gerade auf einem anderen Planeten. Sein Blick richtete sich ins Nirgendwo und schien seltsam verschwommen.

Jetzt klarte er auf. »Gut«, sagte Leander. »Dann tun wir uns zusammen und finden heraus, was hinter dem Club steckt. **Es wird höchste Zeit.**« Er schwieg, räusperte sich verlegen, und dann erzählte er Jenny und Sergio, dass er eine Zeit lang geglaubt hatte, verfolgt zu werden. Und dass seit dem Tag, als das mit den Plakaten anfing, sein Leben in Unordnung geraten sei.

»Was in einigen Punkten allerdings ganz wunderbar ist«, sagte er mit einem Blick auf Lisa, und Jenny lachte. »Wirst du denn immer noch verfolgt?«, fragte sie, und Leander zuckte mit den Schultern. »Letzte Woche war ich krank, und seitdem ist alles ruhig.«

Anschließend sprangen sie ins Wasser, spritzten sich nass und ließen sich lachend von der Strömung treiben. Der Fluss war kalt, und lange hielten sie es nicht aus, also legten sie sich in die Sonne, blätterten in Zeitschriften und plauderten.

»Über das andere reden wir später«, sagte Leander, holte ein Federballspiel aus seiner Tasche und verlor gegen Lisa nach allen Regeln der Kunst, während Jenny und Sergio über Gott und die Welt redeten. Mehr über die Welt als über Gott, denn beide hatten kleinere Geschwister und nur noch einen Elternteil, und das schmiedete sie von dieser Sekunde an zusammen.

Am Nachmittag packten die vier ihre Klamotten, schulterten die Taschen und schlenderten über die Isarauen zur Brücke hinauf. Warmer Wind fuhr durch ihre nassen Haare, und die Sonne brannte auf der Haut. Sergio und Leander hatten bereits richtig gut Farbe bekommen.

»Lust auf ein Eis?«, fragte Sergio und deutete auf eine Gelateria am Rand einer großen Straße. »Ich lade euch ein.«

»Gute Idee«, sagte Lisa. »Aber lasst uns ins Viertel gehen.«

Und so zogen sie weiter, und je mehr sie sich vom Fluss entfernten, umso heißer wurde es. Wie eine Firewall stand die Luft in den Straßen und machte das Atmen schwer. »Das sind Temperaturen, wie ich sie mag«, sagte Sergio, und die anderen grinsten. Er hat recht, dachte Lisa. Eigentlich müsste man jeden Tag mit Freunden im Fluss baden und anschließend um die Häuser ziehen, was gibt es Schöneres? Leander drehte sich kurz um und blickte sie an, sie sah das Lachen in seinen Augen, die klitzekleinen Fältchen rund um die Augenwinkel und spürte plötzlich ein Kribbeln auf den Unterarmen, als hätte sie ein Windhauch gestreift.

Hoffentlich brach ihre Neurodermitis nicht wieder aus, dachte sie für einen kurzen Moment, beschloss dann aber, dass dieses Kribbeln etwas mit Leander zu tun haben musste. Leider hatte sie nicht allzu viel Ahnung von Jungs. In Wien hatte sie eine reine Mädchenschule besucht. Und ihre Mutter hielt Jungs für gefährlicher als Autobomben und hatte nie eine Gelegenheit ausgelassen, vor ihnen zu warnen. Vielleicht musste sie mal mit Jenny reden, die hatte auf diesem Gebiet sicher mehr Erfahrung.

Die Eisdiele im Glockenbachviertel war gut besucht, die

Leute saßen unter roten Schirmen und stachen mit langen Löffeln in riesige Berge von Eis.

»Was ist denn das?«, rief Leander und deutete auf die Auswahl in der Theke: Vanilleeis mit Kürbiskernen, Rhabarbereis, Schokoladensorbet und Minzeis mit Schokostreuseln.

»Das ist ja cool!« Sergio staunte und bestellte für jeden von ihnen einen Becher mit allem. Diverse Einwände und diätetische Hinweise überhörte er und bezahlte auch noch die Rechnung. »Es ist mir ein Vergnügen«, sagte er und lotste sie an einen freien Tisch unter einem roten Schirm.

Nachdem die ersten Genussmomente vorbei waren – **Wow, das schmeckt irre! Habt ihr das schon probiert**? –, widmeten sie sich endlich ihrem Thema. Lisa übernahm, ganz automatisch, die Gesprächsführung. »Die erste und wichtigste Frage wäre, wie wir vorgehen wollen«, sagte sie und kramte in ihrer Tasche nach Stift und Papier.

»Vielleicht sollte man die Auserwählten befragen«, sagte Sergio.

Doch Jenny lachte nur trocken. »Du und Leander, ihr habt das nicht miterlebt. Die hüllen sich komplett in Schweigen. Sie posten, dass sie in den Club aufgenommen wurden, und das war's.«

Leander nickte. »Das hat mir Lisa auch schon erzählt, trotzdem stimme ich Sergio zu. Es sind drei Kandidaten. Einer von ihnen kann sich verplappern oder hat plötzlich doch das Bedürfnis zu reden. Wir müssen es nur geschickt anstellen.«

Während sie noch darüber nachdachten, fasste Jenny zusammen, was Schmacht-Schulze über die Auserwählten gesagt hatte. »Ich könnte versuchen, über die Schülerzeitung an Sandra Müller heranzukommen, spezieller Artikel und so, Aufmacher der nächsten Auflage, das erste Mädchen im Club …«

»Das klingt gut«, sagte Leander. »Und du, Sergio, könntest mit einem der Jungs in Kontakt treten. Unter dem Vorwand, von einer anderen Schule zu sein, in der nun auch ein Club existiert.«

Leander grinste in die Runde. »Im Schummeln ist Sergio nämlich super, das beherrscht er wie Radfahren.«

Sergio verbeugte sich in gespielt übertriebener Manier und nickte. »Gute Idee! Im Moment scheint es doch allen darum zu gehen, dass dieser Club einzigartig ist. Wenn ich aber nun behaupte, den gäbe es woanders auch … wer weiß, was passiert?«

Die Mädchen sahen sich kurz an und nickten.

»Vielleicht sprichst du mit Jean Diabang«, sagte Lisa. »Er scheint ganz besessen von dieser Einzigartigkeit zu sein. Leander und ich könnten uns um Mike kümmern, allerdings habe ich nicht die geringste Ahnung, wie wir das anstellen sollen. Der Typ scheint hochintelligent zu sein, ist seit vier Tagen nicht mehr in der Schule und weiß offenbar sehr genau, was er will und was nicht.«

»Da können wir uns ja noch etwas einfallen lassen«, sagte Leander und zwinkerte Lisa zu. »Vielleicht später im Trödelladen?«

»Aha.« Jenny war nicht begeistert. »Und wir sollen alleine losziehen?«

Doch Sergio beruhigte sie. »Auf gar keinen Fall. Ich helfe dir mit Sandra Müller und du mir mit diesem Jean. Du darfst nicht vergessen, dass ich ihn nicht kenne.« Diese Aussicht schien Jenny ausgesprochen gut zu gefallen, und dementsprechend schnell beruhigte sie sich.

»Habt ihr euch eigentlich mal überlegt, dass das vielleicht gar nicht stimmt, mit der Aufnahme in den Club?«, fragte Sergio plötzlich, und die anderen starrten ihn an. »Vielleicht gibt es den Club ja gar nicht, und die posten einfach nur, dass sie die neuen Mitglieder sind. Im Moment ist das die perfekte Möglichkeit, um Aufmerksamkeit zu bekommen.«

»Wow«, sagte Lisa.

»Clever«, war Jennys Kommentar.

»Das könnte man natürlich auch noch ausprobieren«, sagte Leander. »Einer von uns behauptet, das neue Mitglied zu sein. Und dann sehen wir, was passiert.«

Jenny hob ihre Arme, als wollte sie einen Angriff beim Volleyball abwehren. »Nichts für mich, Kinder. Ich will Schülervertreterin werden. Da kann ich nicht mit einer Lüge kommen!«

»Und Sergio scheidet aus, weil er nicht an unserer Schule ist«, sagte Lisa. Sie und Leander sahen sich an.

»Das können wir uns ja noch überlegen«, sagte Leander.

Jenny schob den leeren Eisbecher zur Seite und nickte. »Unsere Freundin Babette ist übrigens auch mit von der Partie. Sie übernimmt sicher gern eine Aufgabe.«

»Cool«, sagte Leander. »Dann sind wir selbst bald ein Club.«

Alle lachten, nur Lisa blieb still. Sie hatte ein komisches Gefühl, mit Babette stimmte etwas nicht, und sie musste dringend mit Jenny reden. Doch dieser Gedanke ging verloren, kaum dass er gedacht worden war. Weil es ans Verabschieden ging und Leander sie umarmen wollte. Keine Neurodermitis, dachte Lisa, als ihre Unterarme kribbelten, eher eine Gefahrenwarnung. Sie musste an ihre Mutter denken, an gefährliche Autobomben und grauenhafte Explosionen. Sie schloss die Augen und gab Leander einen Kuss auf die Wange.

10

AM MONTAG wartete die gesamte Schule gespannt auf die große Pause. Kaum läutete es, zogen die Ersten ihre Smartphones aus der Tasche, andere packten ihre Laptops aus und gingen auf die Facebook-Seite. Doch das Ergebnis war enttäuschend: Es gab kein neues Mitglied im Club. Oder es hatte sich nicht geoutet.

Jenny holte ihren Schreibblock aus der Tasche und machte sich auf die Suche nach Sandra Müller. Sie fand sie am Pausenkiosk.

»Hättest du eine Minute für mich?«, fragte Jenny. »Schülerzeitung.«

Sandra nickte und trat einen Schritt zur Seite. »Geht es um die Sache mit dem Club?«, fragte sie, und Jenny nickte. »Immerhin bist du das erste Mädchen im Club, wir dachten an den Aufmacher.«

Sandra schien positiv überrascht, doch dann schüttelte sie den Kopf. »Es tut mir leid, aber wir dürfen nichts über den Club sagen. Ich möchte da keine Extrawurst kriegen.«

Jenny grinste, diese Sandra war ihr sympathisch. »Wäre es

denn schon eine Extrawurst, wenn du uns erzählst, wie du aufgenommen wurdest oder wer hinter diesem Club steht?«

Sandra nickte. »Leider ja. Zu meinem Privatleben kannst du mich gern befragen, aber …«

»Dann ein andermal«, sagte Jenny und lief davon. Sie hatte Sergio auf dem Schulhof entdeckt. Er war allein, und sie ging auf ihn zu. »Sandra Müller war ein Fehlschlag«, flüsterte sie. »Komm, wir schauen mal, ob wir Jean finden.«

Und sie hatten Glück. Keine zehn Meter entfernt stand er im Kreis seiner Freunde und biss in eine Käsesemmel. »Das ist er«, sagte Jenny leise. Sergio lief zu ihm.

»Bist du Jean Diabang?«, fragte er, und der Schwimmkünstler nickte.

»Ich bin von der Realschule nebenan«, sagte Sergio und deutete ins Ungewisse. »Ich habe gehört, dass du Mitglied eines Clubs bist, den es seit einiger Zeit an eurer Schule gibt.«

Jean Diabang nickte und wuchs um mindestens fünf Zentimeter. »Bei uns gibt es diesen Club auch«, sagte Sergio. Mehr musste er nicht sagen, Jean schrumpfte wieder auf Normalgröße und starrte Sergio an, als hätte er verkündet, vom Mars zu kommen. »Bei euch auch?«, flüsterte er und zog Sergio ein paar Meter zur Seite. »Aber das kann nicht sein. Das ist ganz und gar unmöglich!«

Sergio blieb gelassen. »Doch, ganz sicher. Anscheinend ist es aber nicht derselbe Club, sonst würden wir uns kennen.«

»Du bist Mitglied?«, fragte Jean leise.

»Klar«, erwiderte Sergio. »Jeder kann Mitglied werden. Nicht zu Beginn natürlich, aber später.«

Jean war nun sehr blass. »Und was willst du von mir?«

»Wenn es bei euch genauso läuft wie bei uns, warum tun wir uns nicht zusammen?«

Doch Jean hatte seine Fassung wiedergewonnen. »Wir sind ein besonderer Club. Mit ganz besonderen Leuten. Da kommt nicht jeder rein, und die Aufnahmeprüfung ist hart. Als ich den Brief bekommen habe …« Er wischte wütend mit der Hand durch die Luft und schüttelte den Kopf. »Das ist bei euch sicher anders.«

»Dann sag mir, wer euren Club leitet«, sagte Sergio, »und wir wenden uns an ihn oder sie.«

»Vergiss es und verpiss dich«, erwiderte Jean.

Innerlich gratulierte Sergio Jean, er blieb standhaft und würde nichts verraten. Aber in einem Punkt hatte er sich trotzdem verplappert, und Sergio war ganz zufrieden.

»Es werden Briefe verschickt, und es gibt eine Aufnahmeprüfung, sag es den anderen«, sagte er Jenny keine zwei Minuten später ins Ohr, drehte sich um und verschwand.

Lisa und Leander hatten es schwerer. Sie hatten sich am Abend noch im Trödelladen getroffen, aber die gedankliche Ausbeute war mager gewesen. Was konnte man einem Schüler mit solch hohem IQ entgegensetzen?

»Menschliches« hatte Lisa vorgeschlagen.

»Unmenschliches«, hatte Leander gesagt.

Also stahlen sie in der Pause Mikes Schultasche aus dem leeren Klassenzimmer, um sie ihm zur Mittagszeit zurückzugeben. »Die haben wir im Flur gefunden, und auf den Heften stand dein Name.«

Mike war total dankbar. »Wie kann ich das wiedergutmachen?«, fragte er, und Lisa schien einen Moment lang zu überlegen. »Du weißt, worum dich alle bitten würden«, antwortete sie und lächelte.

Leander spielte den Entrüsteten. »Lisa, das ist peinlich, lass uns gehen! Was sind schon ein paar Mathehefte und die Notizen eines Schuljahres gegen den Club ...«

»Wartet«, sagte Mike, für den das sehr wohl etwas war. »Was wollt ihr wissen?«

Lisa reagierte schnell. »Nur eins: Wer leitet den Club?«

»Das weiß ich selbst nicht«, erwiderte Mike. »Bis zur Aufnahme war alles schriftlich, und jetzt sind wir eine bunte Truppe. Es könnte jeder sein.«

»Hast du Einfluss darauf, wer aufgenommen wird?«, fragte Leander.

»Nein«, sagte Mike, und es klang ehrlich.

»Dann vielen Dank«, sagte Lisa, und Leander nickte.

Das war's. Nicht schlecht für den Anfang. Und wenigstens etwas.

Neue Mitglieder gab es an diesem Tag nicht mehr. Was für viele Schüler äußerst beruhigend war. Ein neues Mitglied bedeutete: Sie selbst waren es nicht. Kein neues Mitglied hieß: An den eigenen Chancen hatte sich nichts geändert.

Umso erstaunter waren alle, als Schmacht-Schulze nach dem Unterricht auf dem Pausenhof stand. Und nicht nur auf dem Pausenhof, sondern sogar auf einer Kiste. Er hatte seinen Standpunkt geändert, und zwar im wahrsten Sinne des Wortes. »Heute sage ich euch nicht, wer das neue Mitglied ist, sondern ich sage euch, wer es werden sollte.«

Die Zuhörer murrten, was sollte da schon groß herauskommen, wahrscheinlich schlug Schmacht-Schulze sich selbst vor. Doch sie hatten sich getäuscht.

»Ich habe das ganze Wochenende damit zugebracht, die Daten der Auserwählten zu analysieren«, sagte er. »Sie sind klug, sportlich, eigenartig, irgendwie besonders. Aber was verbindet sie? **Sie besuchen in den Freistunden dasselbe Café. Alle haben einen zweiten Vornamen. Und sie wohnen in einer Mansarde unter dem Dach.**«

Ein Raunen ging durch die Menge, da hatte sich Andi Schulze ja ordentlich Mühe gegeben. Woher wusste er das, und was, wenn es stimmte? Einige stöhnten auf, ihre Eltern lebten im Erdgeschoss mit jeder Menge Bäumen vor den Fenstern, aus und vorbei. Andere hatten keinen zweiten Vornamen, und diejenigen, die einen besaßen, erkundigten sich sofort nach dem Café, in dem sie künftig ihre Freistunden verbringen wollten.

»Es gibt jemanden, der all diese Bedingungen erfüllt«, fuhr Schmacht-Schulze fort, und jetzt wurde es so still auf dem Pausenhof wie niemals zuvor. »Es ist Lutz Kaiman aus der 7 b.«

Immer noch Stille, keiner wollte glauben, dass Schmacht-Schulze all diese Arbeit auf sich genommen hatte, um jemand anderen als sich selbst vorzuschlagen. Noch dazu einen Pimpf, jemanden aus der Unterstufe. »Lutz hat letztes Jahr den ersten Preis bei *Jugend forscht* gewonnen. Mit einem selbst entwickelten Gummiband aus einer wiederverwertbaren Faser. Er besucht in den Freistunden dasselbe Cafe wie die anderen auch, hat einen zweiten Vornamen, und seine Eltern leben im Dachgeschoss. Ich bitte den Club, seine Aufnahme in Erwägung zu ziehen. Alles passt hervorragend!«

»Das ist seltsam«, sagte Jenny. »Warum sollte sich Schmacht-Schulze für jemanden aus der Unterstufe einsetzen? Er muss wirklich überzeugt sein von seiner Analyse.«

»Der kann doch nicht vierhundert Schüler auf ihren zweiten Vornamen und Wohnort überprüft haben«, sagte Lisa. »Das ist absoluter Schwachsinn. Er macht sich wichtig, das ist alles!«

Und so dachten wohl viele. Sie tippten sich mit dem Zeigefinger an die Stirn, verdrehten die Augen und verließen den Schulhof.

Umso verblüffter waren sie, als Lutz Kaiman am nächsten Morgen seine Aufnahme in den Club postete:

Es hat nichts mit der Rede von Andi Schulze zu tun. Er hat nur erkannt, was der Club sowieso vorhatte. Meine Einladung habe ich schon vor ein paar Tagen bekommen, aber ich habe es niemandem erzählt. Ich bin stolz und glücklich, dabei sein zu dürfen. Der Club hat verboten, Genaueres zu berichten, bitte fragt mich nicht. Aber es ist cool!

Verrückterweise war Schmacht-Schulze am erstauntesten. Er wandelte durch die Flure, massierte sich mit der rechten Hand die Schläfen und führte Selbstgespräche. Schüttelte immer wieder den Kopf und schien nicht glauben zu wollen, was er selbst vorhergesagt hatte. Und er schien auch nicht zu bemerken, dass ihm eine ganze Schar von Schülern folgte. Wenn er dem Club Empfehlungen geben konnte, war es vielleicht gar nicht so blöd, sich in seiner Nähe aufzuhalten. Ein paar Worte mit ihm zu wechseln oder sich bei ihm einzuschleimen. Am Ende dieses Tages war jedenfalls nicht Lutz Kaiman der Star, sondern Andi Schulze.

Mittags wurde er schon an der Tür zum Klassenzimmer abgepasst, und man hatte ihm sogar die Kiste auf dem Schulhof bereitgestellt. Doch Schmacht-Schulze schüttelte nur verwirrt den Kopf. Er hatte nicht mehr zu sagen als gestern. Und keinen weiteren Vorschlag. Schließlich war er keine Ballmaschine auf dem Tennisplatz, die alle paar Sekunden Neues ausspuckte. Und so musste er seine Anhänger enttäuschen und, weil die hartnäckig waren, schließlich flüchten.

Erst am Mittwoch bequemte er sich wieder auf die Kiste, diesmal waren über zweihundert Schüler da und sogar ein paar Lehrer. »Ich habe nachgedacht«, sagte er, und noch vor wenigen Wochen wäre dieser Satz einen Lacher wert gewesen. Heute lachte niemand. »Ich glaube, meine Berechnungen waren falsch. Nein, nicht falsch, aber unpräzise. Jean Diabang hat keinen zweiten Vornamen. Seltsamerweise ist Lutz Kaiman dennoch aufgenommen worden.«

Er schüttelte den Kopf, völlig verwirrt, aber er war noch nicht fertig. »Sie nehmen Leute auf, die in der Schule auffallen, aber für die unsere Schule nicht alles ist. Coole Leute, verrückte oder beliebte Schüler, aber ganz sicher bin ich mir nicht.«

Enttäuschtes Raunen, wieder mal.

»Hast du eine Idee?«, rief ein Mädchen aus der Elften.

»Ja«, sagte Schmacht-Schulze. »Der coolste Typ an der Schule ist eindeutig Rainer Kabelbinder.«

Die Menge jubelte. Rainer Kabelbinder ging in die Oberstufe, und jeder kannte ihn. Er sah sagenhaft gut aus, umgab sich mit den hübschesten Mädchen und war in jeder Schülergruppe dabei. Im Orchester, im Chor, in der Schülerzeitung. Er saß abends mit den Lehrern auf ein Bier und ein paar Zigaretten zusammen, half bei der Betreuung der Jüngeren und war mit allen Wassern gewaschen. »Also ich möchte dem Club Rainer empfehlen.«

Dann stieg Schmacht-Schulze von seiner Kiste und ging.

Dass Rainer am nächsten Morgen postete, war nahezu keine Überraschung mehr. Aber das, was er zu sagen hatte, wog schwer:

Die Rede von Andi Schulze hat mich gefreut. Allerdings bin ich schon seit einiger Zeit Mitglied des Clubs. Trotzdem danke!

11

ES GAB SIE ALSO, die Mitglieder, von denen man nichts wusste. Man nahm es Rainer übel, dass er es niemandem gesagt hatte, und was bedeutete *seit geraumer Zeit*? Interessant war, dass seine Beliebtheit abnahm, während die der anderen Kandidaten weiter stieg. Dem kleinen Lutz Kaiman wurden Geschenke gemacht, weil er bei *Jugend forscht* gewonnen hatte, und Sandra Müller bekam von ihrer Klasse ein Abonnement der Zeitschrift *Aquarium*. Dass der *Jugend forscht*-Preis über ein Jahr her war und Sandra Müller kein Aquarium besaß, sondern eine alte Babywanne, war unwichtig.

»Fassen wir zusammen«, sagte Sergio, als die Freunde sich am Nachmittag im Trödelladen trafen. Das Wetter war regnerisch, und Quentin hatte vier Portionen Eiskaffee versprochen. Vier, denn Babette konnte nicht kommen. Sie musste zum Friseur und anschließend einen Apfelkuchen für eine Tante backen, die morgen Geburtstag hatte. »Die Auserwählten, ich nenne sie der Einfachheit halber weiterhin so, bekommen einen Brief. Anschließend müssen sie eine Aufnahmeprüfung bestehen. In dem Club sind anscheinend schon jede Menge Leute, doch keiner weiß, wer ihn leitet. Es könnte jeder sein.« Die anderen nickten.

»Außerdem sprechen alle davon, wie viel Spaß sie haben«, fuhr Lisa fort. »Ich finde das auffällig. Denn ich kann mir nicht vorstellen, dass für Mike Spaß so wichtig ist. Er wirkt so ernst. Und was, bitte, macht unterschiedlichen Menschen gleichzeitig und gemeinsam Spaß, was könnte das sein?«

Die anderen starrten sie verblüfft an, darüber hatte noch niemand nachgedacht.

»Ich gebe mal ein Beispiel«, sagte Lisa. »Ich sage etwas, das mir Spaß macht, und wem das ebenfalls Spaß macht, hebt bitte die Hand.«

Die anderen nickten, und Lisa sagte: »Ich gehe gern in den Zoo.« Jenny hob die Hand, die Jungs nicht. »Und ins Kino.« Leander und Jenny hoben die Hand, Sergio nicht. »Ich gehe gern schwimmen, also so richtig.« Sergio hob die Hand. »Seht ihr«, sagte Lisa. »Das ist gar nicht so einfach. Was macht dieser Club, an dem wirklich alle Spaß haben?«

»Vielleicht verteilen sie Rauschmittel«, meinte Sergio und grinste.

»Drogen?« Leander schüttelte den Kopf. »Jean Diabang ist Sportler und Mike viel zu ernsthaft, als dass er sich auf so etwas einlassen würde. Ich glaube, das können wir ausschließen. Aber Lisa hat recht, es ist merkwürdig, dass alle so dermaßen viel Spaß an der Sache haben – und das, obwohl sie so unterschiedlich sind. **Was machen die da?**«

»Vielleicht hat Lisa die falschen Beispiele gewählt«, überlegte Jenny. Sie dachte angestrengt nach, und auf ihrer Stirn waren zwei kleine Falten zu sehen. »Das gleiche Spiel noch einmal«, sagte sie. »Ich stehe morgens nicht gern auf.« Alle hoben die Hand. »Ich gehe gern auf Partys.« Und wieder waren alle Hände oben. »Ich wäre gern besser als alle anderen.« Ein leichtes Zögern bei Sergio, Lisa und Leander, doch schließlich gingen ihre Arme hoch. Jenny grinste und lehnte sich zurück. »Seht ihr, es gibt Dinge, die für alle gleich toll sind. Und egal, welche es sind, der Club hat sie sich zunutze gemacht.«

»Hey, du bist gut«, sagte Lisa und klopfte ihrer Freundin auf die Schulter. »Wir können ja mal eine Liste machen.«

Die kleine Gruppe versank in Schweigen, Lisa zückte ihren Stift, und das Nachdenken führte zu folgenden Punkten:

- Lange schlafen
- Auf Partys gehen
- Besser sein als die anderen
- Surfen und chatten
- Einen Idioten in die Knie zwingen
- Stark sein
- Freunde haben, nicht allein sein
- Etwas Besonderes können
- Zu einer Fernsehshow eingeladen werden
- Viel Taschengeld bekommen
- Zu Hause nicht arbeiten (putzen, kochen etc.)
- Sich das Gejammer der Eltern nicht anhören müssen

»Jammern eure denn auch?« Babette stand in der Tür und grinste. Lisa hatte nicht damit gerechnet, die Freundin heute noch zu sehen. Sie atmete auf, und Jenny jubelte. »Super, dass du da bist. Das hier sind Sergio und Leander. Und dies ist unsere Freundin Babette.«

Die Jungs begrüßten Babette, und Quentin lief in die Wohnung, um noch einen Eiskaffee zu holen.

»Was macht ihr da?«, fragte Babette, und Jenny weihte sie ein. »Das sind pure Spekulationen, erste Hypothesen, womit der Club punkten könnte. Denn noch wissen wir ja nicht, was dort überhaupt passiert. Aber etwas haben wir definitiv schon herausgefunden.« Aufgeregt erzählte sie ihrer Freundin von dem Brief, den Jean erhalten hatte, von der Aufnahmeprüfung und dass offenbar nicht bekannt war, wer den Club leitete. Babette sagte nichts, hörte aber aufmerksam zu, und als das Wort *Aufnahmeprüfung* fiel, glaubte Lisa ein feuriges Leuchten in ihren Augen zu sehen.

»Glaubt ihr, dass dieser, wie nennt ihr ihn?, *Schmacht-Schulze* was mit dem Club zu tun hat?«, fragte Sergio.

Jenny zuckte mit den Schultern, doch Lisa schüttelte den Kopf. »Das kann ich mir nicht vorstellen. Er scheint mir nicht der Typ zu sein, der sich vor den Karren anderer spannen lässt. Ich glaube, es funktioniert eher andersrum. Er hat das Ganze spaßeshalber moderiert, und nun merkt der Club, dass seine Überlegungen gar nicht so blöd sind.«

»Du meinst, der Club hat ihn nun doch vor seinen Karren gespannt?«, fragte Leander, und Lisa grinste. »Möglich. Jedenfalls ist er irritiert, das ist nicht zu übersehen.«

Alle lachten. Nur Babette blieb still.

Sie nahm ihren Eiskaffee entgegen, bedankte sich, schleckte die Sahne ab und hielt den Blick gesenkt. Etwas schien sie zu beschäftigen, aber Lisa traute sich nicht, zu fragen. Nicht vor den Jungs.

Am nächsten Tag sah Lisa Babette im Gespräch mit Schmacht-Schulze. Die zwei standen im hintersten Eck des Pausenhofes und debattierten heftig. Ich frage sie gleich nachher, dachte Lisa, doch als der Unterricht zu Ende war, verschwand Babette sofort.

»Wo ist sie denn hin?«, fragte Jenny.

»Ich glaube, wir sollten uns mal unterhalten«, sagte Lisa und zog Jenny aus dem Klassenzimmer. Die beiden spazierten zum Stachus und setzten sich an den Brunnen. »Ist dir nicht auch schon aufgefallen, dass Babette seit einiger Zeit etwas sonderbar ist?«, fragte Lisa, und Jenny nickte.

»Und wie«, sagte sie. »Ich bekomme sie kaum noch ans Telefon, und wenn ich auf sie warte oder mit ihr reden will, verschwindet sie einfach. Vielleicht haben ihre Eltern …«

»Ich denke, es hat mit dem Club zu tun«, sagte Lisa. »Babette sagt, sie wäre da gerne Mitglied.«

Jenny guckte sie erstaunt an, dann brach sie in schallendes Gelächter aus. »Ich muss zugeben, ich bin etwas überrascht. Andererseits … die Hälfte aller Schüler wäre das gern.«

»Es beunruhigt dich also nicht?«, fragte Lisa.

Jenny biss auf ihrer Unterlippe herum. »Mich beunruhigt, dass sie mir nicht erzählt hat, dass sie in den Club möchte.

Wir haben doch sonst keine Geheimnisse voreinander. Was ist los mit ihr, was denkst du?«

»Ich hatte die Hoffnung, dass du mir das vielleicht sagen kannst.«

Jenny senkte den Blick und schüttelte langsam den Kopf. »Ich war einfach zu sehr mit meiner Schülervertretung beschäftigt …«

»Mach dir keine Gedanken. Morgen früh reden wir mit Babette!«

Doch am nächsten Tag war Babette nicht in der Schule. Jenny versuchte, sie zu erreichen, aber sie ging auch nicht ans Handy.

Und in der großen Pause stieg Schmacht-Schulze auf die Kiste. Er sah seltsam aus, völlig anders als sonst. Keine zu großen Klamotten, sondern schwarze Jeans, ein dunkles Jackett und Wildlederschuhe. Gesundheitlich war er offenbar nicht so ganz auf der Höhe: Er zitterte leicht und wirkte irgendwie fahrig.

Er räusperte sich, ein Raunen ging durch die Menge, und dann verkündete er, dass er *keinen Bock mehr auf den Scheiß habe*, wie er sagte. Er stellte klar, dass er selbst nicht Mitglied des Clubs und jede Empfehlung ausschließlich aufgrund seiner Berechnungen zustande gekommen sei. »Heute stelle ich noch zwei Personen vor, von denen ich glaube, sie wären geeignet, und dann ist Schluss.«

Auf dem Pausenhof wurde es so still, als hätte ein Blitz eingeschlagen. »Korbinian Treter aus der 10 c!«

Die Menge jubelte. Korbinian war ein Superstar. Nicht,

weil er besonders viel leistete, sondern weil er aussah wie eine Mischung aus Robert Pattinson, Justin Bieber und Tom Cruise. Wahrscheinlich war es nur eine Frage der Zeit, bis ein Modemagazin oder eine Filmagentur auf ihn aufmerksam würde.

Schmacht-Schulze warf einen Blick auf seine Uhr. Die Pause war fast zu Ende, und er bat um Aufmerksamkeit. »Die zweite mögliche Kandidatin kommt aus der 9 b und heißt Babette König!«

Die Menge jubelte erneut, dann gongte es, Schmacht-Schulze stieg von seiner Kiste, und die Versammlung löste sich auf.

Jenny und Lisa gingen zu der verwaisten Kiste, setzten sich darauf und schnappten nach Luft.

»Das ist doch nicht sein Ernst«, sagte Jenny.

»Offenbar doch«, erwiderte Lisa. »Babette wird sich riesig freuen.«

Jenny schien aus der Erstarrung zu erwachen, und ihre Augen begannen zu leuchten. »Eigentlich eine coole Sache. Stell dir vor, der Club nimmt Babette tatsächlich auf. Dann verfügen wir über Insiderwissen, über einen Maulwurf aus den eigenen Reihen.«

»Wenn du dich da mal nicht täuschst«, sagte Lisa.

Und sie sollte recht behalten. Noch vor Schulschluss erhielten die Freundinnen eine SMS von Babette. Sie wollte die beiden sehen und schlug ein Café am Stachus vor.

»Ich weiß schon Bescheid«, sagte sie, als sie ankam. »Und ich freue mich sehr. Aber ich habe eine Entscheidung getroffen. Egal, ob der Club mich nimmt oder nicht, ich werde nichts darüber berichten.«

»Das ist eine gute Idee«, erwiderte Jenny und lachte.

»Diese ganzen Postings sind sowieso Quatsch«, sagte Lisa.

»Ich werde niemandem etwas sagen«, erwiderte Babette. **»Auch euch nicht.«** Sie knetete ihre Hände, als wären sie Hefeteig, und blickte ins Leere. »Es geht nicht gegen euch. Ich möchte nur ein Mal in meinem Leben frei sein.«

Jenny fiel in sich zusammen. »Und das betrifft auch uns, oder mich?«, fragte sie. »Wir kennen uns seit so vielen Jahren.« Ihre letzten Worte waren kaum zu verstehen, sie rang um Fassung.

Babette nickte und stand auf. »Es tut mir leid, aber bitte versucht, mich zu verstehen.« Sie griff nach ihrer Tasche und verschwand.

Zwei Tage später postete Korbinian Treter, dass er Mitglied des Clubs sei, und sein ganz besonderer Dank ging an Andi Schulze.

Babette postete nichts. Aber Lisa und Jenny hatten nichts anderes erwartet. **»Ob sie dabei ist?«**, fragte Jenny, die am Nachmittag im Trödelladen vorbeigekommen war. »Ich wünsche es ihr«, sagte Lisa. »Es war ihr ja so wichtig.«

12

ZUR GLEICHEN ZEIT saß Babette zu Hause und hielt einen Brief vom Club in der Hand. Die Aufnahmeprüfung war morgen, die Bedingungen wurden deutlich erklärt, und Babette schmunzelte. Sie hatte mit allem Möglichen gerechnet, aber diese Prüfung würde sie mit Bravour bestehen, so viel war klar. Und dann war sie Mitglied. Die grün beleuchteten Notausgänge öffneten sich, endlich würde sie dem trägen, überwachten Alltag entkommen. Und alle Jennys und Lisas dieser Welt sollten ihr gestohlen bleiben. Keine von ihnen hatte ihr zugehört in den letzten Wochen und Monaten, und keine wusste, wie es wirklich um sie stand.

Sie ging ins Badezimmer, schloss sich ein und las den Brief – immer und immer wieder. Endlich eine Möglichkeit, frei zu sein, ein eigenes Leben zu führen, ein Licht am Ende des Tunnels. Der Club würde sie aufnehmen, das stand so gut wie fest. Babette war unendlich gespannt darauf, was sie erwartete. Aber eins war jedenfalls sicher: Sie wäre mit coolen Leuten zusammen. Mit Sandra aus der Elften, dem klugen Mike und mit Korbinian, der so gut aussah, dass einem schlecht werden konnte. Sie, Babette König, hatte es geschafft. Weder ihre Freunde würden Bescheid wissen noch ihre Eltern. Und Letzteres war das Wichtigste. Sie blickte in den Spiegel und lächelte sich an. »Super«, murmelte sie. »Absolut cool.« So fühlte es sich an.

Jenny war an diesem Abend noch lange wach und beschloss, ein Gespräch mit ihrer Mutter zu führen. »Es ist komisch«, sagte sie, »da kennt man jemanden so lange, und dann schmeißt sie einfach alles über Bord.« Ihre Mutter seufzte, und Jenny wusste im gleichen Moment, dass sie in ein Wespennest gestochen hatte.

»Entschuldige, ich wollte nicht …«, sagte sie schnell, doch ihre Mutter winkte ab.

»Dass dein Vater uns verlassen hat, ist eine andere Sache. Das hast du dir schon oft genug anhören müssen.«

Sie strich ihrer Tochter über den Arm, stand auf und setzte einen Topf mit Milch auf. »Viel wichtiger ist doch im Moment, warum Babette so sang- und klanglos geht. Das gefällt mir gar nicht, Jenny.«

Frau Mertens stand am Herd und stemmte die Hände in die Hüften. Sie sah cool aus in ihren Jeans, den ausgelatschten Stiefeln und dem knappen Shirt. Jenny liebte es, wenn ihre Mutter mal Zeit hatte, und ihr resolutes Auftreten mochte sie auch. »Es gefällt mir auch nicht, Mom. Ich weiß nur leider nicht, was ich tun soll.«

»Lass sie laufen, aber behalt sie im Blick«, sagte ihre Mutter und rührte Kakao in die Milch. »Das Credo in der Kindererziehung, besonders bei heranwachsenden Jugendlichen. Könntest du bei Babette auch versuchen, ist eine phantastische Maßnahme.«

Aha, dachte Jenny, gut zu wissen. Vielleicht hatte ihre Mutter recht, so blöd war das gar nicht.

»Und du bist ja nicht allein«, meinte ihre Mutter. »Du hast uns und diese Lisa. Die scheint sehr nett zu sein. Und an Jungs mangelt es vermutlich auch nicht.«

»Das stimmt«, sagte Jenny und konnte plötzlich auch wieder lachen. »Ich habe einen echt netten Typen kennengelernt, er hat auch Geschwister und keinen Vater. Es ist ein Freund von Leander …« In diesem Moment kochte der Kakao über, und Frau Mertens hatte alle Hände voll zu tun, um die Küche vor einer Überschwemmung zu retten. Und dann brüllte auch noch einer ihrer Brüder.

Frau Mertens zuckte bedauernd mit den Schultern. »Ich weiß, du kommst immer zu kurz, es tut mir unendlich leid«, sagte sie, schob den Topf vom Herd und eilte aus dem Zimmer. Aber das war schon okay, immerhin hatte ihre Mutter heute einen entscheidenden Satz gesagt: **Lass sie laufen, aber behalt sie im Blick.** Das werde ich tun, dachte Jenny, worauf du dich verlassen kannst, liebe Babette. Mit diesem Vorsatz goss sie sich eine Tasse Kakao ein und ging ins Bett.

Lisa traf sich am Abend mit Leander im Trödelladen. Das Licht wollten sie nicht mehr anschalten, also zündeten sie ein paar Kerzen an, und während es draußen langsam dämmerte, wurde es im Laden richtig gemütlich. Leander strich an den

Regalen vorbei und zog ein Buch heraus. »Wow, eine Erstausgabe von Alfred Döblin, *Berlin Alexanderplatz.*«

Lisa sah ihn erstaunt an. »Kennst du es?«

»Na ja«, sagte Leander und blätterte sich bis zu den letzten Seiten durch. »Es gibt da so eine Stelle …« Und dann fing er an zu lesen: **»Wach sein, wach sein, es geht was vor in der Welt. Die Welt ist nicht aus Zucker gemacht.«** Er lächelte und klappte das Buch zu.

Lisa nickte. »Du denkst an die Sache mit dem Club, oder? Und jetzt auch noch die Geschichte mit Babette.«

Sie erzählte Leander von dem Auftritt im Café.

»Babette will euch nicht sagen, ob sie dabei ist oder nicht?« Leander schien verblüfft.

»Ich glaube, wir haben uns nicht gut genug um sie gekümmert«, erwiderte Lisa.

»Okay«, sagte Leander. »Dann streitet man sich und Schwamm drüber. Aber gar nichts mehr zu erzählen ist eine heftige Reaktion.«

»Vielleicht braucht sie etwas ganz für sich allein«, sagte Lisa. »Etwas, von dem niemand weiß.«

Sie berichtete von Babettes Eltern. »Sie erdrücken sie, wissen über alles Bescheid, kennen ihre Tagesabläufe und sind fast immer da. Vielleicht ist ihr das einfach alles zu viel geworden.«

»Ein interessanter Gedanke«, sagte Leander »**Der Club als Refugium für Ausreißer**. Für Schüler, die genug haben von ihren Eltern, von Preisen, Auszeichnungen oder dem Druck, in der Schule immer gut sein zu müssen …«

Er beugte sich über den Tisch und legte seine Hand auf die von Lisa. »Ich genieße es sehr, hier mit dir zu sitzen«, meinte er.

Lisa wusste gar nicht, was sie sagen sollte, ihr wurde heiß und kalt. »Warum hast du eigentlich keine Freundin?«, platzte es plötzlich aus ihr heraus, und ein Schatten huschte über Leanders Gesicht. Was musste er jetzt von ihr denken? Wahrscheinlich würde er sofort aufstehen und gehen.

Aber das tat er nicht.

»Ich hatte eine Freundin«, sagte er stattdessen. »Ist eine Weile her.«

Lisa schluckte. »Was ist passiert?«, fragte sie.

»Es war irgendwie … einseitig«, erklärte Leander.

Lisa nickte. Das Mädchen hatte Schluss gemacht. Wegen eines anderen oder weil sie Leander nicht mehr geliebt hatte. Schreckliche Sache eigentlich, aber trotzdem war Lisa erleichtert, dass er im Moment keine Freundin hatte.

»Und du?«, fragte Leander. »Keinen in Wien, der auf dich wartet?« Lisa lachte und schüttelte den Kopf. Sie erzählte von der Mädchenschule und von ihrer Mutter, für die Jungs gefährlicher waren als drohende Arbeitslosigkeit, der Klimawandel oder ansteckende Krankheiten.

»Hat das deine Fans abgeschreckt?«, fragte Leander, und Lisa zuckte mit den Schultern. »Ich hatte keine. Oder wenn, habe ich es nie bemerkt.«

»Du hattest ganz sicher welche«, sagte Leander. Er lächelte und schlüpfte in seine Jacke. »Ich muss los, sehen wir uns morgen?«

Lisa grinste. Natürlich würden sie sich morgen sehen, was für eine Frage. Sie brachte Leander noch zur Tür und sah ihm nach, wie er durch die nachtdunkle Straße davonging.

An diesem Abend konnte sie lange nicht einschlafen, und als es dann doch irgendwann klappte, hatte sie einen seltsamen Traum:

Leander lebte unter Wasser. Wie ein Froschmann oder ein Nachfahre Neptuns glitt er durch die Meere, aber er war nicht allein – an seiner Seite schwamm eine wunderhübsche Nixe. Lisa versuchte zu erkennen, wer es war, doch Algen verdeckten das Antlitz der Wasserfee, und ihre langen Haare flossen wie Silberstreifen um ihren Kopf. »Sie ist schön, aber sie liebt mich nicht«, raunte Leander, Luftblasen blubberten aus seinem Mund. Dann sah er Lisa an und lächelte. »Aber vielleicht möchtest du ja ein Stück mit mir schwimmen?«, flüsterte er. Seine Worte brachen sich im Wasser, brandeten an Korallenwände, platzten und zersprangen wie Seifenblasen, während Leander auch schon untertauchte und verschwand. Schnell glitt Lisa ins Wasser und versuchte, wenigstens seine Worte zu greifen, aufzuhalten und zu retten, aber sie rutschten ihr durch die Finger und lösten sich auf, zerbrachen an den Korallen und versanken in den Tiefen des Meeres.

Ich habe doch wirklich einen an der Waffel, dachte Lisa, als sie schweißgebadet aufwachte. Sie schüttelte den Kopf und beschloss, gleich heute noch mit Jenny zu reden. Über Jungs, juckende Haut und Wassermänner, deren Worte an Korallenriffen zerbrachen. Vermutlich würde sie auch ihre Mutter und die Autobomben erwähnen müssen, und sie konnte nur hoffen, dass Jenny das alles verstand und ein paar gute Tipps parat hatte.

Und das hatte sie. »Das ist dieser Leander, der bringt dich total durcheinander«, sagte Jenny. Sie stand vor dem Schulhof und kettete ihr Fahrrad an. Dann richtete sie sich auf, schulterte ihre Tasche und schüttelte den Kopf. »Schon erstaunlich, wenn man bedenkt, dass er weder gut aussieht noch besonders witzig ist. Lass uns gehen, es ist gleich acht.«

»Ich dachte, du findest ihn nett?«, sagte Lisa. Sie starrte ihre Freundin aus weit aufgerissenen Augen an und brachte vor Schreck fast kein Wort heraus.

»Das tue ich auch. Ich finde ihn sogar sehr nett. Ich staune nur, dass man sich in ihn verknallen kann.«

»Aber er …«, sagte Lisa, doch dann verstummte sie.

Ganz sicher hatten die Menschen verschiedene Geschmäcker. Bei Leggins, Lakritzstangen und Spinat war ihr das immer klar gewesen. Bei Jungs erstaunte es sie, und sie musste erst darüber nachdenken. »Also gut, dann Beeilung«, sagte sie und grinste. »Außerdem bin ich gespannt, zu erfahren, ob es etwas **Neues vom Club** gibt.«

13

DOCH ES GAB NICHTS NEUES. Nicht am Montag, nicht am Dienstag und auch nicht am Mittwoch. Schmacht-Schulze stieg kein einziges Mal mehr auf die Kiste, er wandelte einsam durch die Flure und sprach ausschließlich mit sich selbst. Babette war am Montag nicht in der Schule und auch am Dienstag nicht. Als sie wiederkam, versuchte sie, nett zu sein, und traf sich sogar mit ihren Freundinnen auf der Mädchentoilette. Aber da sprachen sie über anstehende Tests, neue Frisuren und das Wetter. Mit keinem Wort erwähnte eine von ihnen den Club.

Und auch sonst wurde es still um ihn. Die Postings blieben aus, und nach wenigen Tagen war es den meisten Schülern egal, was mit dem Club war oder wer zu seinen Mitgliedern zählte. Man hörte nichts mehr von ihm, und das war so, als gäbe es ihn nicht mehr.

»Dann muss ich mir eine neue Strategie für meine Wahl einfallen lassen«, erklärte Jenny, sie klang genervt. »Mit dem Club ist nicht mehr zu punkten.«

Doch sie sollte sich irren.

Denn am Donnerstag gewann Jean Diabang in einer Schwimmhalle im Münchner Osten den ersten Preis der Jugendmeisterschaften im Kraulen. Und weil er nun richtig berühmt war, durfte er ein öffentliches Interview geben. »Ich war immer schon ein guter Schwimmer«, sagte er und lächelte in die Fotokameras. »Aber diesen Erfolg hätte ich nicht eingefahren, wenn ich nicht Mitglied des Clubs wäre.«

»Von welchem Club sprichst du?«, fragte der Reporter und gähnte.

»Von dem Club«, erwiderte Jean Diabang. »**Es ist ein geheimer Zirkel.** Kein Außenstehender kennt seine Mitglieder oder Ziele. Und er existiert nur an unserer Schule – dem Städtischen.«

Der Mann wäre kein Reporter gewesen, wenn er nicht die Brisanz dieser Aussage erkannt hätte. Noch am selben Nachmittag platzierte er in seiner Zeitung einen Artikel, der es in sich hatte.

Was passiert am Städtischen?, lautete die Überschrift, dann zitierte er Jean Diabang und dessen dunkle Andeutungen. Es war ein sehr kleiner Artikel, und er erschien auch nur auf einer der letzten Seiten.

Aber das reichte, um die Schule in einen Hexenkessel zu verwandeln. Am nächsten Morgen rauschten besorgte Eltern über den Schulhof und verschwanden im Büro der Direktorin. Im Sekretariat klingelten die Telefone heiß, während die Mitarbeiter Mühe hatten, neugierige Journalisten abzuwimmeln, die sich eventuell eine noch größere Story erhofften. Freunde und Förderer der Schule kündigten eine Untersuchung der Sache an und drohten, ihre Zuwendungen zu kürzen.

Und als es zur Pause klingelte, wusste es bereits die ganze Schule: Die Direktorin stand kurz vor einem Nervenzusammenbruch, die Lehrer trafen sich in der fünften Stunde zu einer außerplanmäßigen Konferenz, und der Nachmittagsunterricht war ersatzlos gestrichen. Das alleine genügte, um Jean Diabang zum Helden des Tages zu machen, und er ließ es sich nicht nehmen, in der Pause auf dem Schulhof auf die Kiste zu steigen. Zu einer Rede kam es aber nicht, zwei Lehrer griffen nach ihm, angelten ihn aus der Menge und begleiteten ihn ins Direktorat, wo seine Eltern bereits auf ihn warteten.

»Jetzt muss er auspacken«, sagte Jenny und seufzte. »Er wird die Mitglieder und Ziele des Clubs nennen, und mein Wahlkampfthema hat sich dann wirklich erledigt.«

Doch auch das erwies sich als falsch.

Jean Diabang sagte nichts über den Club. Er ließ sich weder von den Drohungen der Direktorin noch von den angekündigten Strafen seines Vaters beeindrucken und verließ noch während der vierten Stunde, flankiert von seinen wütenden Eltern, die Schule.

Alle liefen an die Fenster, um ihn zu sehen, und seine stolze Haltung verriet es: Er ging aufrecht und trug seinen Kopf so erhoben, wie das nur Sieger taten. Also hatte er keinen Ton gesagt und nichts verraten. **Der Club lebte, und seine Mitglieder waren stark und unverwüstlich!**

Das brachte Schmacht-Schulze dazu, nun doch endlich Werbung für sich selbst zu machen. Nach dem Unterricht stieg er auf die Kiste, und da die meisten Lehrer mit sich selbst und ihrer Konferenz beschäftigt waren, stoppte ihn niemand. Die Schüler scharten sich zu Hunderten um ihn, und er musste schreien, damit ihn alle hören konnten. »Ich gebe noch einen letzten Kandidaten bekannt«, rief er, und seine Augen wurden dabei ganz schmal und funkelten wie die einer Katze. »Ich selbst werde das nächste Mitglied sein!« Aber was er da sagte, gefiel niemandem.

»DEINE REDEN WAREN AUCH SCHON MAL BESSER!«, rief ein Mädchen aus der Mittelstufe, und ein Junge aus der Unterstufe bewarf ihn sogar mit einem Apfel. Die anderen drehten sich um und gingen.

»Wartet!«, rief Schmacht-Schulze und rieb sich die getroffene Schulter. »**Ich habe etwas über den Club herausgefunden.**«

Die Schüler blieben stehen und kehrten um, echte Neuigkeiten wollte sich dann doch niemand entgehen lassen.

»Der Club agiert wirr«, rief Schmacht-Schulze. »Ich habe tagelang nach einem Muster gesucht, wie die Mitglieder ausgewählt werden, habe alle Gemeinsamkeiten herausgefiltert und mögliche Mitglieder benannt. Sie wurden alle in den Club aufgenommen, obwohl meine Berechnungen falsch waren.«

»Was heißt das jetzt?«, rief Jenny.

»DASS DER CLUB KEINEN PLAN HAT!«, schrie Schmacht-Schulze. »Er hat sich meine Vorschläge zunutze gemacht, weil er selbst keine hatte.«

»Da wird sich der Club aber freuen, wenn du so über ihn

sprichst«, rief ein Mädchen mit langen Haaren. »Meinst du, er nimmt dich noch auf nach solchen Lästerreden?«

Die Menge johlte.

»Verschwiegenheit ist die Tugend seiner Mitglieder«, rief ein Junge aus der Unterstufe. »Schau dir Jean an, der hat's gerockt!«

Die Menge klatschte und hampelte herum, als sei Karneval und Jean Diabang der König der Prinzengarde.

»Lass uns gehen, ich bekomme keine Luft mehr«, sagte Lisa. Jenny nickte, und sie drängten sich durch die Menge. Als sie endlich vor der Schule standen, atmeten sie auf.

»Das ist nicht zu fassen«, sagte Jenny. »Die totale Massenhysterie. Sind jetzt alle komplett übergeschnappt?«

»Es wird höchste Zeit, dass du dein Wahlversprechen abgibst und die Sache aufklärst«, erwiderte Lisa. »Diese ganze Geschichte gefällt mir immer weniger.«

»Guck mal«, sagte Jenny plötzlich und deutete auf eine Hecke am Straßenrand. Babette drückte sich durch die Büsche, blickte nach links und rechts, dann rannte sie zielsicher die Straße hinunter.

»Hinterher«, sagte Lisa.

Babette huschte zwischen geparkten Autos hindurch und lief in den nahe gelegenen Stadtpark. Es war ein kleiner Fleck Natur mit einem Café und mehreren Fahrradwegen, ansonsten gab es hier keine Attraktionen. Und es war auch nicht viel los. Babette verließ die Gehwege, lief über den Rasen und verschwand zwischen den Bäumen in einem kleinen Wäldchen. Lisa und Jenny folgten ihr. Vorsichtig schlichen sie am

Rand der Kieswege entlang, gingen in den kleinen Wald und achteten darauf, wohin sie traten. Plötzlich lichtete sich das Gestrüpp, Jenny hob die Hand, und Lisa blieb stehen.

Vor ihnen lag ein kleines, kreisrundes Stück Wiese. In seiner Mitte saß Babette und sprach laut mit sich selbst. **»Festgemauert in der Erden steht die Form aus Lehm gebrannt …«**

»Was macht sie da?«, flüsterte Jenny.

»Sie sagt ein Gedicht auf«, sagte Lisa leise. »Es ist *Die Glocke* von Schiller. Das ist total lang, das Gedicht!«

So war es. Babette machte nicht den kleinsten Fehler, sie stolperte nicht und hatte keine Aussetzer. Im Anschluss daran erklärte sie die Mendel'schen Gesetze, das Prinzip der Braunschen Röhre und die grammatikalischen Regeln des Subjonctif im Französischen.

»Nichts davon machen wir gerade in der Schule«, flüsterte Jenny.

»Es klingt, als spräche sie vor Zuhörern«, flüsterte Lisa.

»Ja, checkst du es nicht?«, erwiderte Jenny. »Da ist niemand außer uns.« Warum hatte sie sich in der Vergangenheit nicht mehr Zeit für ihre Freundin genommen? Babette hatte ganz offensichtlich ein Riesenproblem. In Jennys Kopf tauchte der Begriff *psychische Störung* auf und ließ sich nicht mehr vertreiben.

»Ob das etwas mit dem Club zu tun haben könnte?«, flüsterte Lisa.

»Ich sag's noch mal«, fauchte Jenny. »Siehst du hier irgendjemanden außer Babette? Unsere Freundin hat eine Störung, und wenn du mich fragst, eine ganz gewaltige.«

Zur gleichen Zeit beschlossen etwa sechzig Lehrer und eine Direktorin, dass es am vernünftigsten wäre, alle Eltern über die Sache mit dem Club zu informieren.

»Ich halte es nach wie vor für einen Schülerstreich«, schrieb die Direktorin in einer ausführlichen Mail. »Da jedoch die Presse Wind davon bekommen hat und es die Schüler mehr beschäftigt, als mir lieb ist, bitte ich Sie, mit Ihren Kindern im Dialog zu bleiben und dieses Thema zu Hause ausführlich zu besprechen.«

Genau das passierte, und die Schüler des Städtischen erlebten einen unvergesslichen Abend. Geschiedene Eltern setzten sich zum ersten Mal seit ihrer Trennung wieder gemeinsam an den Esstisch. Arbeitende Mütter oder Väter meldeten sich krank und blieben zu Hause. Verabredungen wurden abgesagt, Kinobesuche verschoben und Theaterkarten weitergegeben. Stattdessen wurden lange Gespräche geführt. Cholerische Eltern schimpften und wetterten gegen den Club, ängstliche baten ihre Kinder, auf der Hut zu sein und Bescheid zu geben, wenn irgendein Verein sie anwerben wollte, weitsichtige diskutierten mit ihren Kindern, und gestresste Eltern planten einen sofortigen Schulwechsel.

Jennys Mutter wurde ein bisschen hysterisch, weil sie sich plötzlich Sorgen um ihre Jungs machte. Die zwei waren für jeden Blödsinn zu haben, und es war nur eine Frage der Zeit, bis der Club für sie attraktiv werden würde. »Ich werfe ein Auge auf sie«, versprach Jenny und fragte sich, wie wohl Babettes Eltern auf die Mail reagiert hatten.

Doch Herr und Frau König waren völlig ruhig geblieben.

Ein Club? Das war nichts, womit ihre Tochter sich beschäftigte. Zudem hatte die Direktorin ihre Einschätzung klar geäußert: Es handelte sich um einen Schülerstreich. Und so gehörten ausgerechnet die Königs zu den wenigen Eltern, die die Mail sofort löschten und vergaßen.

»Nun diskutieren nicht mehr nur die Schüler über den Club«, sagte Lisa. Es war früh am Abend, sie saß an Quentins Computer und verfolgte die Diskussionen auf Facebook.

»Sollen wir deinen Eltern Bescheid geben?«, fragte Quentin, auf seiner Stirn stand eine ganz und gar untypische Sorgenfalte.

»Auf gar keinen Fall«, entschied Lisa. »Die machen sich nur unnötig Sorgen, und was können sie schon groß tun?«

»Ich kann mir aber sicher sein, dass du nicht doch irgendwann beitrittst oder mitmachst?«, fragte Quentin, aber als er in das wütende Gesicht seiner Nichte sah, winkte er ab. »Entschuldige, ich war noch nie erziehungsberechtigt, das ist alles neu für mich.«

»Zum Glück«, murmelte Lisa und grinste. »Mach dir keine Gedanken. Du weißt doch, dass Jenny, Leander, Sergio und ich einfach nur herausfinden wollen, was hinter dem Ganzen steckt. Und ich habe so ein komisches Gefühlt. Ich glaube, es steckt nichts Gutes dahinter.«

In diesem Moment signalisierte das leise Piepsen ihres Handys eine SMS. »Das ist bestimmt Leander«, sagte Lisa. »Wir wollen noch ein bisschen um die Häuser ziehen, das ist doch okay, oder?«

»Wenn du um zehn Uhr zu Hause bist«, sagte ihr Onkel.

Lisa zog die Augenbrauen hoch, solche Sätze waren neu. Offenbar hatte die Mail der Direktorin doch mehr Schaden angerichtet als anfangs angenommen. Lisa nickte, drückte Quentin einen Kuss auf die Wange, schnappte sich ihre Tasche und verschwand.

14

»**WILLST DU ZU MIR KOMMEN?**«, hatte Leander geschrieben. »**Reichenbachstraße 30, im Hinterhaus.**« Lisa antwortete mit einem kurzen **Okay**, kaufte sich ein Eis und machte sich auf den Weg.

In den Straßen stand die Hitze, in den Supermärkten drängten sich die Leute, und vor den Cafés saßen die Müden und Erschöpften, die sich aufs Wochenende freuten.

Lisa war gespannt, zu sehen, wo Leander wohnte. Warum sie wohl zu ihm kommen sollte? Vielleicht wurde er wieder verfolgt und brauchte sie als Zeugin. Oder er hatte etwas entdeckt, das sich in seiner Wohnung oder einem der Nachbarhäuser befand. Lisa schüttelte den Kopf, ihre Phantasie ging schon wieder mit ihr durch. Sie warf einen prüfenden Blick in eins der Schaufenster. Ihre Haare waren frisch gewaschen, der wadenlange Rock schwang bei jedem Schritt mit, und sie sah aus, wie sie sich fühlte: gut.

In der Reichenbachstraße 30 durchquerte Lisa die Toreinfahrt und betrat einen Hinterhof. Er war mit gelben und roten Rosen bepflanzt, und mitten in dieser Blütenpracht stand ein Haus. Vielleicht war das einmal eine Werkstatt oder eine Garage gewesen, nun lebte jedenfalls eine Familie darin. Und zwar die von Leander.

Lisa klingelte, und eine Frau im Abendkleid öffnete. Um den Hals trug sie eine herrlich schimmernde Perlenkette, und in ihren langen blonden Haaren steckte ein Kamm, der mit glitzernden Steinen besetzt war. »Du musst Lisa sein«, sagte sie. »Komm doch bitte rein. Leander hilft seinem Vater noch mit der Krawatte, wir gehen nämlich heute ins Theater.«

In diesem Moment kamen Leander und sein Vater die Treppe herunter. Leander barfuß in Jeans und Shirt, der Vater in einem gut sitzenden Anzug, nur das Hemd spannte um den Bauch herum. Auch er gab Lisa die Hand, nickte und schob seine Frau zur Tür hinaus. »Euch einen schönen Abend und wünscht mir Glück, dass das Stück nicht länger als zwei Stunden dauert.«

Er lachte, zog die Tür hinter sich zu, und Lisa war mit Leander allein. »Nette Eltern«, sagte sie und sah sich verstohlen um.

Schicke Einrichtung. Alles in Weiß, ganz nach ihrem Geschmack.

Leander grinste, füllte zwei Gläser mit Eistee und dirigierte Lisa auf die Terrasse hinaus. Dort ließen sie sich in zwei Korbsessel fallen, lauschten den Geräuschen im Hinterhof, und Lisa berichtete von Babettes Vorstellung im Park.

»Mendel'sche Gesetze und Braun'sche Röhre?«, fragte Leander. »Lernen wir das in der Schule?«

»Im Moment jedenfalls nicht«, erwiderte Lisa.

Sie zögerte.

»Du meinst, es hat mit dem Club zu tun?«, fragte Leander weiter.

Lisa zuckte die Schultern. »Ich habe keine Ahnung. Jenny glaubt, Babette hätte eine psychische Störung, Überlastung im Elternhaus, irgend so etwas.«

»Und was denkst du?«

»Im ersten Moment dachte ich, es wäre die Aufnahmeprüfung für den Club«, entgegnete Lisa. »Aber ich bin mir sicher, dass der kleine Jean oder der schöne Korbinian so etwas Schwieriges nie hingekriegt hätten.«

»Und noch etwas passt nicht«, sagte Leander.

»Es hat ihr niemand zugehört«, erwiderte Lisa.

»Genau«, sagte Leander und nickte.

Die Sonne ging unter, die beiden tranken ihren Eistee, dann sprang Leander auf. »Ich zeig dir jetzt unser Viertel, so wie ich es kenne«, sagte er und schlüpfte in seine ausgetretenen Chucks. »Wenn die Sonne weg ist und nicht mehr so viele Leute unterwegs sind, ist es am schönsten.«

Er griff nach dem Haustürschlüssel, zog die Terrassentür zu, und die beiden liefen über den Hof. »Es sind alte Gewerbehöfe, die kaum mehr genutzt werden. In den meisten Mauern befinden sich Durchgänge und Türen. So kann man all diese kleinen Oasen betreten, ohne auch nur ein Mal auf die Straße hinauszumüssen.«

Er schlüpfte durch einen schmalen Spalt in der Mauer, und Lisa folgte ihm. Hinter dem Nachbarhaus saßen ein paar Leute um einen Grill herum, in einem Kinderwagen lag ein schreiendes Baby, und es roch nach Steaks und Würstchen. Neben einem Schuppen gab es eine Tür, und schon standen sie auf einem Parkplatz für schrottreife Autos. Dann kletterten sie über eine Mauer, liefen über ein Fußballfeld, zwängten sich durch Hecken und Sträucher, und egal, wohin sie kamen, Leander hatte immer eine Geschichte parat. »Unter diesem Baum hier stand viele Jahre die Skulptur eines Künstlers, doch sie wurde letztes Jahr gestohlen. Und das hier«, er deutete auf eine beleuchtete Tür, »ist der Hinterausgang vom Dönerladen. Wenn wir reingehen, stehen wir direkt in der Küche.«

Und das taten sie. Sie versorgten sich mit zwei Portionen Falafel und setzten sich auf eine Kinderschaukel.

»Wie hat denn dein Onkel auf die Mail reagiert?«, fragte Leander.

»Sie hat ihn irritiert«, sagte Lisa. »Langsam macht er sich doch Sorgen. Und deine Eltern?«

»Meine Eltern fanden das alles sehr spannend«, sagte Leander. »Mein Vater ist Soziologe, das heißt, er untersucht gesellschaftliche Phänomene und ihre Auswirkungen. Er wollte jedes Detail wissen, hat nach einem Stück Papier gegriffen und alles genau aufgeschrieben.«

»Und? Ist er zu einem Ergebnis gekommen?«, fragte Lisa.

»Keine Ahnung«, sagte Leander. »Ich hab nach dem Essen meine Hausaufgaben gemacht und dann ferngesehen.« Er biss in seine Falafel, die Joghurtsoße tropfte herunter und lief ihm übers Kinn. »Nein, wenn ich ehrlich bin«, sagte er plötzlich, »war ich ziemlich aufgeregt, weil ich wusste, dass du kommen würdest.«

Lisa saß da, als hätte sie ein Blitz gestreift. In ihrem Kopf formten sich zehn Fragen auf einmal, und ihre Arme begannen zu jucken. »Echt?«, fragte sie und ärgerte sich, dass ihr nichts Klügeres einfiel. Ihr Gehirn verwandelte sich gerade in eine Rumpelkammer, ihre Zunge klebte am Gaumen und versagte völlig den Dienst. Glücklicherweise schien Leander es nicht zu bemerken. Er nickte, warf die Reste des Falafels in hohem Bogen in einen Papierkorb und sprang auf. »Wollen wir weiter?«, fragte er.

Lisa erwachte aus ihrem Delirium und kam wieder in die Spur. »Ehrlich gesagt würde ich gern das Papier deines Vaters sehen.« Leander sah sie überrascht an, doch dann schien er zu verstehen. »Eine super Idee«, sagte er, und die beiden machten sich auf den Rückweg. Es dauerte nur wenige Minuten, bis sie wieder im Haus in der Reichenbachstraße waren, doch im Esszimmer lag kein Zettel, im Wohnzimmer auch nicht. Also gingen sie ins Arbeitszimmer, wo es ziemlich wild aussah, überall lagen Zeitungen, Papiere und Bücher.

»Es war ein beiges Papier, die leere Seite von irgendeinem Prospekt«, erklärte Leander. Lisa deutete auf den Schreibtisch, Leander grinste und griff nach dem Zettel. Dann rannten sie auf die Terrasse, zündeten ein Windlicht an und lasen die Notizen.

Der Club lautete die Überschrift. Darunter stand:

Plakate, Mundpropaganda, Internet. Gerüchte wecken Interesse, Ängste, Hoffnungen, bieten Orientierung (Gemeinschaft der Wissenden). Ist die Tatsachenbehauptung wahr oder un-

wahr? Ist es ein Schulexperiment? Nein, dann wüsste die Leitung Bescheid. Nutzt es den Auserwählten als Gruppe oder als Einzelpersonen? Hoher Verbreitungsgrad, die Schule steckt in Schwierigkeiten – möglicherweise das Ziel? Dass eine Gruppe einfach nur Spaß haben will, ist auszuschließen: zu hoher Aufwand, eine zu klare Auswahl glaubhafter Mitglieder. Cui bono?

»Was bedeutet das?«, fragte Lisa, doch Leander zuckte mit den Schultern. »Wir kopieren es auf alle Fälle, dann legen wir den Zettel zurück, und ich bringe dich nach Hause. Allerdings nicht auf direktem Weg, ich zeig dir noch die Villa der Landauers.«

»Der Landauers?«, fragte Lisa. »Du meinst die Familie von Mike, dem Superhirn?«

»Genau die«, erwiderte Leander und grinste übers ganze Gesicht. »Sie haben ein Haus an der Isar, nicht weit von hier.«

Lisa pfiff durch die Zähne. Ein Haus an der Isar, das bedeutete Geld. Viel Geld. »Mike ist also klug und reich«, murmelte sie. Manche Leute hatten wirklich Glück.

Eine Viertelstunde später liefen sie über die Isarauen. Aus dem Flussbett stieg Nebel, am Himmel zogen Wolken auf, und innerhalb von Minuten war die Sicht schlecht. Die Kiesstrände konnten sie noch sehen und auch die hohen Schlote des Heizkraftwerkes. Leander deutete auf eine Reihe von Villen am Flussufer. »Siehst du das hell erleuchtete Haus? Das ist es.« Er nahm Lisa an der Hand und zog sie hinter sich her.

»Wenn wir schon mal da sind, möchte ich unbedingt einen Blick hineinwerfen«, sagte Lisa, und Leander grinste.

Die beiden schlichen im Schutz des Nebels näher heran. Die Fenster waren geschlossen, und aus dem Innern der Villa drang kein Laut. Irgendwo krächzten Flussvögel, aus einer Bar schallten die Rufe von Fußballfans herüber, ansonsten war alles still.

»Du wartest hier und warnst mich, wenn jemand kommt.« Vorsichtig schlich Lisa ans Fenster. Langsam zog sie sich am Sims hoch, warf einen kurzen Blick in den Raum und erstarrte. Vor einem großen Kamin stand Mike Landauer, neben ihm saßen Jean Diabang, Sandra Müller und Korbinian Treter. Rainer Kabelbinder beugte sich über einen Tisch, schenkte Getränke ein und sprach mit jemandem, der nicht zu sehen war. **Der Club!** Sie hatten ihn gefunden, nun wussten sie, wo er sich traf.

Lisa spürte, wie das Blut in ihren Ohren rauschte. Schnell ging sie in Deckung und lief zurück zu Leander. »Ein Treffen des Clubs«, flüsterte sie. Im selben Moment schwang die Haustür auf, und die Clubmitglieder verließen die Villa. Man hörte Mopeds starten, vielleicht auch ein Auto, Gelächter und Stimmen. »LOS GEHT'S!«, rief Jean Diabang. Wirre Lichter huschten durch den Nebel, die Motorengeräusche wurden leiser, und bald war nichts mehr zu hören. Nur die Flussvögel krächzten noch, ihre Schreie klangen unheilvoll und zerschnitten die Stille des Abends.

Lisa richtete sich auf und griff nach Leander. »Das war der Club, ich habe sie fast alle gesehen. Nur Babette …«

Doch weiter kam sie nicht. Blitzschnell zog Leander sie an sich und küsste sie auf den Mund.

Wütend stapfte Lisa die Wiese hinauf, und Leander hatte Mühe, ihr zu folgen. »Entschuldige bitte«, rief er. »Mike stand plötzlich in der Tür, offenbar ist er nicht mitgefahren. Er hätte dich hören können, und ich wollte doch nur …« Er sagte das nun schon zum dritten Mal, aber es schien nicht zu reichen, Lisa war sauer.

Er versuchte es noch mal: »Es war ein Kuss in einer Notlage …«

Lisa blieb stehen und drehte sich um. »Ein Kuss in einer Notlage? Es wird ja immer besser. Mich küsst man, weil man mich küssen will, und nicht wegen irgendwelcher Notlagen!«

Leander guckte etwas erstaunt, dann lächelte er. Er trat einen Schritt näher. Noch einen und einen weiteren.

»Und wenn du es wagen solltest …«, fauchte Lisa, doch auch diesen Satz brachte sie nicht zu Ende. Leander berührte ihr Gesicht, und noch ehe Lisa wusste, wie ihr geschah, küsste er sie wieder. Nicht so abrupt wie vorhin. Und ganz ohne einen Notfall. Dann sahen sich die beiden lange an. »Ich würde dich gerne endlos weiterküssen«, murmelte Leander, »aber ein bisschen neugierig bin ich auch.«

Doch Lisa brachte keinen Ton heraus. Unterschiedlichste Gefühle und Gedanken wirbelten in ihr herum wie die Kugeln in einer Lottotrommel. Zum Glück war sie, im Gegensatz zur Lottotrommel, nicht aus Plexiglas, und es blieb zu hoffen, dass Leander ihre Verwirrtheit nicht bemerkte. Sie räusperte sich. »Der ganze Club war da, und es sah nett aus, wie sie alle im Wohnzimmer saßen«, sagte sie endlich. »Mike, Sandra, Jean, Rainer … Aber ich verstehe nicht ganz, worin der Riesenspaß besteht, den sie angeblich haben?«

»Vermutlich hat sich der Club dort nur getroffen«, sagte Leander. »Und nun sind sie losgefahren. Wohin auch immer.«

»Dann sagen wir Jenny und Sergio Bescheid, verstecken uns morgen in der Nähe der Landauer-Villa und folgen ihnen. Hat einer von euch ein Mofa, ein Moped oder so was Ähnliches?«

»Sergio hat eins«, erwiderte Leander. Dann küssten sie sich zum dritten Mal an diesem Abend, und als Lisa endlich nach Hause kam, konnte sie lange nicht einschlafen. Das Licht, das durchs Schlüsselloch fiel, erinnerte sie an Leanders blitzende Augen. In den Falten der Vorhänge sah sie sein Gesicht. Und selbst in diesem stillen Zimmer glaubte sie noch, sein Lachen zu hören.

15

SERGIO HATTE ein altes, ziemlich schrottreifes Mofa. Es sah ein wenig ramponiert aus, aber es fuhr schneller als andere Mofas, und Lisa vermutete, dass Sergio daran herumgeschraubt hatte.

»Ich vorne, einer hinten, mehr geht nicht«, sagte Sergio, und Jenny setzte ihr nettestes Lächeln auf.

»Sergio vorne, ich hinten«, erklärte Leander. »Wir wissen nicht, wohin die Fahrt geht, und vor allem, wie spät es wird.«

Jenny gab sich geschlagen. »Okay, das ist ein Argument. Könnt ihr denn so lange wegbleiben, wie ihr wollt?«

»Das nicht gerade«, sagte Sergio, »aber elf, zwölf Uhr geht schon mal am Wochenende.«

Anschließend musste Lisa noch einmal in aller Ausführlichkeit vom gestrigen Abend erzählen, und Leander zog die Aufzeichnungen seines Vaters aus der Tasche. Die Freunde beugten sich darüber.

Der Club. Plakate, Mundpropaganda, Internet. Gerüchte wecken Interesse, Ängste, Hoffnungen, bieten Orientierung

(Gemeinschaft der Wissenden). Ist die Tatsachenbehauptung wahr oder unwahr? Ist es ein Schulexperiment? Nein, dann wüsste die Leitung Bescheid. Nutzt es den Auserwählten als Gruppe oder als Einzelpersonen? Hoher Verbreitungsgrad, die Schule steckt in Schwierigkeiten – möglicherweise das Ziel? Dass eine Gruppe einfach nur Spaß haben will, ist auszuschließen: zu hoher Aufwand, eine zu klare Auswahl glaubhafter Mitglieder. Cui bono?

»Dein Vater scheint sich sicher zu sein, dass der Club nicht zum Spaß gegründet wurde«, sagte Sergio. »Er zieht sogar in Erwägung, dass jemand der gesamten Schule schaden will. Ich finde, das alles klingt irgendwie … gefährlich. Als wäre das von langer Hand geplant.«

Lisa nickte, auch bei ihr lösten die Zeilen das Gefühl von Bedrohung aus.

Jenny tippte auf den letzten Satz. »Was heißt *cui bono?*«, fragte sie.

»Es bedeutet so viel wie *Wem nützt es?*«, sagte Sergio.

»Das ist tatsächlich die wichtigste Frage«, erklärte Leander. »Und zwar von Anfang an.« Er kramte in seiner Tasche nach einem Stift und einem Stück Papier. »Also, machen wir eine Liste: Wer hat Vorteile durch den Club?«

»Babette«, sagte Jenny leise. »Sie hat jetzt endlich ihre Freiheit.«

»Das wissen wir nicht«, sagte Lisa. »Ich habe sie gestern nicht gesehen. Außerdem kann ich mir nicht vorstellen, dass sie abends so lange weggehen darf.«

»Eigentlich haben alle Mitglieder einen Vorteil«, sagte Sergio und deutete auf den Text. »Hier steht es: Sie sind die **Gemeinschaft der Wissenden** und werden von allen beneidet.«

»Gut, also die Mitglieder«, sagte Leander und schrieb sie auf.

»Schmacht-Schulze«, sagte Lisa. »Er ist nun auch eine Art Held.«

»Max und Moritz«, fuhr Jenny fort. »Sie haben ein Thema für ihre Wahl zur Schülervertretung.«

»Für dich ist der Club auch gut«, sagte Lisa. »Auch du machst ihn zum Thema deiner Wahl.«

»Für uns alle ist er gut«, sagte Sergio. »Ohne den Club hätten wir uns wahrscheinlich nie kennengelernt.« Er grinste in die Runde.

»Vielleicht ist er sogar für einige Eltern gut«, sagte Leander. »Also, ich meine, für die strengen. Die können nach der Mail der Direktorin wieder engere Grenzen setzen.«

»Du glaubst doch nicht im Ernst, jemand von den Eltern hat sich das mit dem Club ausgedacht?«, rief Jenny. »SO KOMMEN WIR NICHT WEITER!«

Als hätte Quentin den Hilferuf gehört, stand er plötzlich neben ihnen. Mit vier Gläsern Eisschokolade auf dem Tablett.

»Auch Denker brauchen eine Pause«, sagte er, und Lisa umarmte ihn überschwänglich. »Du rettest uns gerade«, sagte sie. »Und helfen kannst du uns auch. Was glaubst **du**, wem nützt der Club?«

»Der Direktorin«, antwortete Quentin sofort. »Auch wenn

sie das sicher nicht so sieht. Früher hatte sie kaum Kontakt zu den Eltern, und zu den Schülern erst recht nicht. Jetzt hat sie ihn.«

Er lächelte breit, stellte das Tablett ab und ging zu einem Kunden, der draußen vor der Tür stand. Zurück ließ er eine kleine Gruppe sprachloser Jugendlicher. Und eine Nichte, die den Kopf schüttelte.

Am Abend trafen sich Sergio und Leander und fuhren mit dem Mofa zur Villa der Landauers. Dort legten sie sich hinter einer Hecke auf die Lauer, doch nichts passierte. Kein einziger Mensch betrat das Haus, und keiner verließ es, und als es dunkel wurde, gingen auch nirgendwo Lichter an.

»Wir beenden die Aktion«, sagte Leander um halb elf. »Wir schreiben den Mädchen eine SMS und fahren heim.«

»Aber wir versuchen es morgen noch mal«, sagte Sergio.

Doch auch am Sonntag blieb alles still. Entweder war die gesamte Familie Landauer übers Wochenende verreist. Oder sie war erkrankt, und der Club hatte sich woanders getroffen. Wenn überhaupt.

Der Montag stand ganz im Zeichen der Wahl zur Schülervertretung. Nach der großen Pause trafen sich die Schüler in der Aula, denn heute war es so weit: Die Kandidaten stellten sich vor und gaben ihre Wahlkampfthemen bekannt. Auf der Bühne standen drei Tische, daneben ein großer Strauß Blumen in einer Bodenvase. Die langstieligen Rosen und Strelitzien flößten Respekt ein, es sah aus wie bei einer politischen

Veranstaltung im Fernsehen. Nur die Kameras fehlten. Und ein Moderator, der durch die Sendung führte.

Umso erstaunter waren alle, als Schmacht-Schulze die Bühne betrat. Wieder trug er ein schwarzes Jackett und weiche Wildlederschuhe, aber die Verwirrtheit der letzten Tage schien wie weggeblasen.

Mit bedächtigem Schritt trat er ans Mikrofon und räusperte sich. »Hallo zusammen«, sagte er schließlich und wurde mit donnerndem Applaus belohnt. Aber auch mit Pfiffen und Buhrufen, denn man hatte noch nicht vergessen, dass er sich bei seiner letzten Rede selbst als Clubmitglied vorgeschlagen hatte. »Ich habe in den letzten Wochen Erfahrung im Halten von Reden gesammelt. Deshalb wurde ich gebeten, heute durch die Veranstaltung zu führen. Ich hoffe, ich kann der Aufgabe gerecht werden.«

Wieder donnernder Applaus, viele Buhrufe und lautes Kichern.

»Ich hoffe, ich kann der Aufgabe gerecht werden«, echote Leander, griff nach Lisas Hand und lächelte sie an. »Der Typ ist echt der Hammer!« Lisa konnte nicht antworten, weil ihr vor Lachen die Luft wegblieb. Sie freute sich jetzt schon auf eine unterhaltsame Stunde, in der Jenny natürlich viele Fans finden sollte, aber da machte sie sich keine Sorgen. Ihre Freundin hatte das perfekte Thema.

Nun traten die Kandidaten auf die Bühne, und Schmacht-Schulze stellte sie vor. »Max und Moritz aus der Unterstufe, Jenny und Clarissa aus der Mittelstufe, Agnes und Frank aus der Oberstufe.«

Sie wurden mit Applaus begrüßt, und Schmacht-Schulze erklärte, worum es ging. »Anfang nächster Woche, genauer gesagt am Montag, werden unsere Schülervertreter gewählt. Jeder von euch hat nur eine einzige Stimme. Entscheidet euch heute oder in den nächsten Tagen, für wen ihr seid, und wählt am kommenden Montag – den oder die Richtige!«

Die Aula war jetzt rappelvoll, ein Lehrer schloss die Tür, und nun wurde es spannend.

»Ich bitte Max ans Mikrofon«, sagte Schmacht-Schulze und räumte den Platz für den ersten Kandidaten. Max machte seine Sache gut. »Ich bin Max«, sagte er. »Und: **Ich bin für den Club!**«

Die Schüler schwiegen. In der sicheren Erwartung, es ginge noch weiter. Doch Max verließ das Podium. Frenetischer Beifall, Lacher.

Dann kam Moritz und hielt es ebenso knapp.

»Ich bin Moritz«, sagte er. »Und: **Ich bin gegen den Club!**«

Die Zuhörer waren noch zwei Sekunden mucksmäuschenstill, aber dann platzten sie. Sie hielten sich die Bäuche und bogen sich vor Lachen. Selbst Lisa konnte sich kaum halten. »Die zwei sind einfach klasse«, japste sie. Und Leander grinste.

Schmacht-Schulze grinste und verscheuchte Moritz vom Mikrofon. »Die Unterstufe hat offenbar ein klar umrissenes Programm«, sagte er, was für erneute Lacher sorgte. Doch dann wurde es ruhig.

»Als Nächstes bitte ich die Kandidaten der Oberstufe auf die Bühne. Wir beginnen mit Agnes König.«

Agnes trat ans Mikrofon und hielt eine inhaltsschwere fünfminütige Rede, in der es um den Ausbau der Sportplätze, bessere Bedingungen für die Oberstufe, ein vereinfachtes Kurssystem und anderes langweiliges Zeug ging. Frank, ihr Gegenkandidat, war ähnlich ermüdend. Er wollte sich für eine bessere Zusammenarbeit mit den Lehrern und die Modernisierung des Computerraums einsetzen. Außerdem wollte er ein Schülercafé ins Leben rufen, was mit verhaltenem Beifall aufgenommen wurde.

Als Schmacht-Schulze erneut ans Mikrofon trat, kündigte er Jenny und Clarissa an. »Seltsam, dass er die Mittelstufe zum Schluss drannimmt«, sagte Leander, doch Lisa grinste. »Das ist gut für Jenny«, sagte sie. »Die letzten Reden bleiben besser im Gedächtnis.«

Dann stand Jenny auch schon am Mikrofon. »Ich habe lange überlegt, was das passende Thema für mich wäre«, begann sie, und im Saal wurde es ruhig. »Wie an jeder Schule gibt es auch am Städtischen manches, was besser laufen könnte.« Sie lächelte und schüttelte den Kopf. »Aber sind wir doch mal ehrlich: **Im Moment gibt es nur ein einziges Thema, das uns wirklich interessiert: Und das ist der Club!**«

»Hey!«, rief Max. »Den haben ich und Moritz!«

Die Schüler lachten, doch Jenny winkte beruhigend ab.

»Ich weiß. Max ist für den Club und Moritz dagegen. Wenn ihr mich wählt, verspreche ich euch etwas, das ebenfalls mit dem Club zu tun hat, aber etwas anderes!«

Nun war es so still im Saal, dass man eine Stecknadel hätte fallen hören können, und Jenny zog das Mikrofon dichter zu sich heran. »Ich verspreche euch, herauszufinden, wer hinter dem Club steckt. Was seine Aufgaben und Ziele und wer seine Mitglieder sind!«

Das Schweigen hielt sich eine Sekunde, zwei Sekunden, in Hunderten von Gehirnen ratterte es, und dann brach plötzlich ein unbeschreiblicher Tumult los. **Genau, das war's!**

Die Schüler des Städtischen wollten endlich wissen, was an diesem Club so besonders war, dass sie nachts nicht mehr schlafen konnten, sich Haustiere zulegten und Schmacht-Schulze bedrängten. Der ganze Rummel zehrte an ihren Kräften und natürlich auch am Selbstbewusstsein. Weil so gut wie niemand von ihnen aufgenommen worden war. Vielleicht konnte Jenny das Geheimnis ja lüften, und vielleicht löste sich der Club dann sogar auf. Denn was nützte der schönste Club, wenn man selbst nicht Mitglied war!

»Jenny, Jenny«, riefen ein paar Mädchen aus der Mittelstufe, und bald schon skandierte der ganze Saal ihren Namen.

»Das läuft ja richtig gut«, freute sich Lisa, doch Leander bremste ihren Überschwang. »Noch ist es nicht vorbei, und wir wissen nicht, was Clarissa zu bieten hat.«

»Besser als Jenny kann sie kaum sein«, erwiderte Lisa.

Doch sie sollte sich täuschen.

Auch Clarissa kam schnell zur Sache: »Ich gebe meiner Mitstreiterin recht«, sagte sie und nickte Jenny wohlwollend zu. »An dieser Schule gibt es im Moment nur ein Thema, das uns brennend interessiert. Und deshalb habe auch ich es gewählt.«

»Jetzt reicht es mir aber«, schimpfte Max.

Und Moritz stampfte vor Wut mit den Füßen auf.

»Auch ich«, fuhr Clarissa fort, »halte es für wichtig, dass wir wissen, was die Aufgaben und Ziele des Clubs sind und wer ihn leitet. Und wie erfährt man das am besten? Indem man selbst Mitglied wird. So habe ich es gemacht. Seit gestern bin ich Mitglied des Clubs!«

Ein Aufschrei ging durch die Menge.

Ein neues Mitglied, und es bewarb sich als Schülersprecherin!

Das war einzigartig, eröffnete völlig neue Möglichkeiten, und darauf wies Clarissa auch deutlich hin. »Der Club hat erklärt, dass es für ihn eine Ehre wäre, wenn ich Schülersprecherin würde. Im Gegenzug nimmt er zwölf neue Mitglieder auf, die ich vorschlagen werde!«

Nun gab es kein Halten mehr. Die Schüler sprangen von ihren Sitzen, trampelten mit ihren Füßen auf den Parkettboden, jubelten und kreischten. Das war ein Wort, und endlich gab es neue Hoffnung. Für jeden Einzelnen, der gerne Mitglied werden wollte. Für nahezu alle Schüler dieser Schule.

Aber das war noch nicht alles.

Am Ende des Schultags stieg Schmacht-Schulze auf seine Kiste am Pausenhof. Das Jackett hatte er abgelegt, man sah die Schweißflecken auf seinem Hemd, doch das störte niemanden. Weder ihn noch die Zuhörer.

»In der Aula war ich der unparteiische Moderator«, erklärte er. »Dort habe ich meinen Job gemacht.« Man applaudierte ihm, denn es stimmte ja, Andi Schulze mauserte sich zu einem guten Redner. »Aber hier auf der Kiste zählt einzig und allein meine Meinung. Und die sollt ihr hören!«

»Das wollen wir!«, riefen ein paar Schüler aus der Unterstufe.

»Was möchtest du uns sagen?«, schrie ein Mädchen mit Brille.

»Ich werde meine Stimme auf jeden Fall Clarissa geben«, erklärte Schmacht-Schulze. »Und wenn sie mich haben möchte, bin ich ab heute ihr Wahlkampfmanager!«

»Auch das noch«, schimpfte Jenny. Sie war leichenblass und sah aus wie ein Schluck Wasser in der Kurve. »Mit Schmacht-Schulze an ihrer Seite macht sie das Rennen!«

»Abwarten«, sagte Lisa. Sie blickte sich nach Leander um, konnte ihn aber nicht entdecken. Nach Clarissas Rede war er seltsam distanziert gewesen und hatte sich nach der Veranstaltung in der Aula umgehend verabschiedet.

Lisa seufzte, hakte sich bei Jenny unter, und die beiden drängten sich durch die Menge in Richtung Ausgang. Plötzlich stand Babette vor ihnen. Auch sie war etwas blass um die Nase und knetete ihre Hände. »Das war eine gute Rede, Jenny. Ich werde aber wohl … nun, wie soll ich sagen …«

»Überleg dir gut, was du mir jetzt sagen willst«, erwiderte Jenny. Ihre Augen schleuderten Blitze, und ihre Stimme war nicht viel mehr als ein Fauchen. »Über Nacht trittst du unsere Freundschaft mit Füßen, gehst mir aus dem Weg, erzählst nichts mehr und hüllst dich in Schweigen. Ich habe dir keine Vorwürfe gemacht und nicht versucht, dich an irgendetwas zu hindern. Solltest du mir aber jetzt ins Gesicht sagen, dass du Clarissa wählst, und alles nur wegen irgendeinem skurrilen, dämlichen Club, dann sind wir geschiedene Leute.

Und zwar für immer. Also, wie gesagt, überleg's dir gut!« Sie machte sich von Lisa los, rempelte die umstehenden Schüler beiseite und verschwand in der Menge.

»Was hat sie denn?«, fragte Babette, ihr Erstaunen schien echt.

»Das fragst du noch?«, erwiderte Lisa. »Ihr seid seit Jahren die dicksten Freundinnen, und du lässt Jenny von einem Tag auf den anderen hängen. Vielleicht hätte sie dich heute gebraucht, hast du darüber schon einmal nachgedacht?«

Sie schüttelte den Kopf, drehte sich um und verschwand. Sollte Babette doch abhauen, dachte Lisa, und es dauerte eine ganze Weile, bis sie sich wieder beruhigt hatte.

»Dieser bescheuerte Club macht alles kaputt«, seufzte sie, als sie mit Quentin am Abend im Wohnzimmer saß. Quentin trank ein Glas Wein, und Lisa nippte an ihrem Orangensaft. »Gibt es ihn denn überhaupt?«, fragte ihr Onkel, und Lisa berichtete von ihrer Beobachtung in der Villa. Dass sie und Leander sich an dem Abend geküsst hatten, erzählte sie nicht. Es gab Dinge, die gingen Erwachsene nichts an. Außerdem hatte sie seit dem Vormittag nichts mehr von Leander gehört und beinahe das Gefühl, alles nur geträumt zu haben.

»Viel interessanter als den Club selbst finde ich die Tatsache, dass ihr euch alle verändert«, sagte Quentin und lächelte.

»Verändere ich mich auch?«, fragte Lisa.

»Na ja, du wirst irgendwie … erwachsener«, sagte Quentin und strich sich über den Bart. »Selbst Einstein merkt das.«

Wie auf Kommando sprang der Kater ins Wohnzimmer

und miaute. Lisa griff nach ihm, hob ihn hoch und kraulte ihn, bis er schnurrte. »Einstein bemerkt höchstens einen leeren Fressnapf«, erwiderte sie und erzählte von der Veranstaltung zur Wahl der Schülervertreter. Quentin lachte Tränen, doch dann hörte er von Clarissa und ihrer Ankündigung, neue Clubmitglieder zu werben. Sofort wurde er ernst. »Das gefällt mir nicht, Lisa«, sagte er, und seine Nichte nickte.

»Mir auch nicht«, antwortete sie. Sie setzte Einstein auf den Boden und trank ihren Orangensaft aus. Dann sagte sie Gute Nacht und ging ins Bett.

16

»WAS SIND WIR?«, fragte Mike Landauer in die Runde.

»Etwas Besonderes«, sagte Jean Diabang.

»Jeder Einzelne von uns, aber auch als Gruppe«, sagte Korbinian.

»Gemeinsam schaffen wir viel!«, rief Sandra Müller.

»Nicht viel, alles«, sagte Clarissa.

»Was mehr ist als je zuvor«, ergänzte Rainer Kabelbinder.

Lutz Kaiman tanzte vor Glück, und die anderen lachten.

Rainer Kabelbinder zählte die Anwesenden und kam auf knapp zwanzig. Alles Schüler des Städtischen. Manche von ihnen hatten sich als Clubmitglieder geoutet, andere nicht.

»Wir sind fast vollzählig, dann mal los!«

Der Club verließ seinen Treffpunkt und schwang sich auf Fahrräder und Mofas. Unbemerkt und unbeobachtet, denn eines hatte man festgelegt: Der Treffpunkt wechselte, und man kam kein zweites Mal am selben Ort zusammen.

Zehn bis zwanzig Minuten später hatten alle das Ziel erreicht, und Rainer schloss die Gartentür auf. Sie war verrostet, von Efeu überwuchert, und man musste schon genau hinsehen, um hier, an dieser Stelle, einen Eingang zu entdecken. Das verlassene Grundstück lag in der Nähe des alten Gewerbegebiets. Leer stehende Fabrikhallen und verrottete Ziegelbauten säumten das Flussufer, die Natur hatte im Laufe der Jahre alles überwuchert. Und dort, an seinem äußersten Rand, stand das alte Clubhaus vom Tennisverein.

»Hereinspaziert«, sagte Rainer.

Clarissa ging als Erste durchs Tor. Der Tennisplatz sah aus, als sei er gestern noch bespielt worden, nur der dichte Efeu an Zäunen und Latten sprach eine andere Sprache. Am Rand des Platzes standen Liegestühle, Sonnenschirme, und etwas weiter hinten lag der Pool. Ein altes Abspritzbecken, das mit Wasser gefüllt war. Und neben dem Pool stand das Clubhaus.

»Das ist tausendmal besser, als ich mir das je vorgestellt habe«, flüsterte Clarissa und ging zum Clubhaus hinüber. Hier hatten früher die Spieler gesessen, hatten getrunken und gegessen und das Treiben auf dem Platz verfolgt. Die Küche war immer noch picobello und der Kühlschrank seit Neuestem gut gefüllt.

»Wie sieht's aus?«, rief Sandra. »Spielt jemand eine Runde Tennis mit mir, oder widmen wir uns erst den wichtigen Themen?«

»Erst die Freizeit«, brüllte Mike, drehte die Anlage auf, schlüpfte aus seinen Klamotten und sprang in den Pool. Ein paar gut aussehende Mädchen aus der Mittelstufe liefen in die Umkleide, um sich ihre Bikinis anzuziehen, und folgten ihm.

Sandra spielte eine Runde Tennis, Rainer und Clarissa

machten sich einen Eiskaffee und warfen sich in die Liegestühle.

Lutz Kaiman schraubte mit zwei Freunden im Schuppen an einer alten Honda herum, während sich Jean Diabang an den Herd stellte und ein senegalesisches Gericht kochte, das so schmecken würde, wie es roch: phantastisch! Über dem bunten Treiben schwebte ein sanfter Techno-Sound und verwandelte das alte Clubhaus in eine Hochburg von Freizeit und Spaß.

»Und es stört wirklich niemanden, dass wir hier einfach so …?«, fragte Clarissa und sah sich ungläubig um.

Rainer Kabelbinder schüttelte den Kopf. »Ich hab dir doch erzählt, dass das Grundstück einem Onkel von Mike gehört. Wir können hier machen, was wir wollen. Es gibt keine Nachbarn, und solange alle dichthalten, wird niemand auf der Welt erfahren, wo wir unsere Nachmittage verbringen.«

Nicht alle Nachmittage, nur den Montag und den Mittwoch. Am Freitag traf sich der Club am Abend zur Weekend-Party. Dann bauten sie am Pool eine Cocktailbar auf, der Tennisplatz wurde zur Tanzfläche, und überall gab es Kerzen und Fackeln. Die meisten Mitglieder blieben über Nacht und schliefen auf Luftmatratzen im Clubhaus. Zu Hause erzählten sie, sie wären bei einem Freund oder einer Freundin, vorzugsweise bei einer anderen Person des Clubs.

»Wir haben jetzt genau zweiundzwanzig Mitglieder«, sagte Rainer. »Wenn du gewählt wirst, nimmt der Club noch mal zwölf auf, dann sind wir eine riesige Gruppe.«

»Ich werde gewählt«, erwiderte Clarissa.

»Darüber sprechen wir später«, sagte Rainer. »Ich kümmere mich jetzt um die Anlage, wir müssen noch zwei Boxen anschließen …« Er nickte dem neuen Mitglied zu, erhob sich und spazierte ins Clubhaus. Auf dem Weg dorthin warf er einen Blick zum Himmel. Große schwarze Wolken zogen auf, und es würde nicht mehr lange dauern, bis sich die Hitze des Tages in einem Gewitter entlud.

»Babette, hilf mir doch bitte noch, die Sachen ins Haus zu tragen!« Frau König wuchtete die Einkäufe aus dem Auto und schloss den Kofferraum. »Du könntest den Kasten mit dem Wasser nehmen. Was zappelst du denn so herum?«

»Seit einer Stunde sage ich dir, dass ich wegmuss«, fauchte Babette und hatte Mühe, die Tränen zurückzuhalten. »Aber nein, hier noch in die Drogerie, dort noch die Wäsche von der Reinigung holen …«

Frau König blickte sie erstaunt an. »Was hast du denn so Dringendes vor? So kenne ich dich ja gar nicht.«

Babette beeilte sich, den Wasserkasten ins Haus zu bringen. »Ich treffe Sandra Müller«, nuschelte sie. »Neue Lerngruppe.«

Sie stellte den Kasten in den Flur, fuhr sich mit der Hand durch die Haare, warf einen Blick auf die Uhr und stöhnte. Zum Treffpunkt brauchte sie nicht mehr zu gehen, dafür war es längst zu spät. Und das Clubhaus alleine aufzusuchen war strikt verboten.

Völlig entnervt ließ sie sich auf die Couch im Wohnzimmer fallen, stützte den Kopf in die Hände und dachte nach.

Die ganze Sache verlief weit weniger entspannt, als sie sich das vorgestellt hatte. Die Aufnahmeprüfung im Park hatte wunderbar geklappt, auch wenn keiner dort gewesen war, um sich von ihrer Leistung zu überzeugen. Der Club hatte sie als neues Mitglied aufgenommen, und eigentlich wäre alles perfekt gewesen. Doch leider war es extrem schwierig, ihren Eltern zu erklären, wo sie neuerdings ihre Nachmittage verbrachte, von den Weekend-Partys ganz zu schweigen. Auf Jenny oder Lisa konnte sie als Notlüge nicht zurückgreifen. Und bei neuen Freundinnen wollten ihre Eltern sie nicht übernachten lassen.

Wenn sie genauer darüber nachdachte, lief die ganze Geschichte überhaupt nicht gut. Jenny drohte ihr, die Freundschaft zu kündigen, und der Club würde sie rauswerfen, wenn sie die Treffen nicht pünktlicher einhielt.

»Genau genommen ist es schlimmer als vorher«, murmelte Babette. Früher hatten ihr zwei Menschen erklärt, was sie tun und lassen sollte, nun waren es mehr als ein Dutzend.

»Ihr könnt mich alle mal«, sagte Babette, verließ das Haus und setzte sich aufs Fahrrad. Sie würde jetzt alleine zum Clubhaus fahren, ganz egal, ob man das durfte oder nicht. Dann würde sie wenigstens noch ein oder zwei Stunden Spaß haben. Babette dachte an die lustigen Nachmittage mit Jenny und Lisa und musste zugeben, dass sie ihre Freundinnen bereits jetzt mehr als vermisste.

»Das gibt ein Riesenunwetter!«, rief Mike Landauer und deutete zum Himmel. »Bringt die Sachen rein und räumt alles in den Schuppen, was wegfliegen könnte!« Er war aus dem Pool gestiegen, trocknete sich ab und reichte das Handtuch an eins der Mädchen weiter. »Da kommt gleich ordentlich was runter, wir sollten schnellstens alles unter Dach und Fach bringen.«

Endlich hatten es alle begriffen. Clarissa klappte die Liegestühle zusammen und brachte die Sonnenschirme in den Schuppen, Sandra verstaute Tennisschläger und Bälle, und Mike ließ das Wasser aus dem Pool. Jammerschade, aber das Abspritzbecken lag zu nah am Vereinsheim, und einen Blitzableiter gab es hier nicht.

Innerhalb von Minuten kam der Sturm. Die Bäume rauschten im Wind, die Äste bogen sich, Sand und Staub wirbelten auf.

»INS CLUBHAUS, SCHNELL!«, schrie Korbinian Treter.

Schließlich waren alle drin, verrammelten Fenster und Türen und ließen sich auf Stühle und Bänke fallen.

»Passt perfekt«, sagte Jean Diabang. »Das Essen ist fertig.« Draußen war es dunkel geworden, und er schaltete das Licht ein.

»Na endlich«, zwitscherte Sandra Müller. »Ich verhungere schon.«

In diesem Moment schlug der erste Blitz ein. Irgendwo in der Gegend, nicht allzu weit entfernt. Dann der zweite, und beim dritten gingen die Lichter aus.

»AUCH DAS NOCH!«, rief Mike. Er holte die Kerzen hervor, zündete sie an, und während draußen ein heftiges

Gewitter tobte, aßen die Mitglieder des Clubs ein hervorragendes Gericht aus dem Senegal. Anschließend räumten sie die Teller ab, setzten sich um den großen Tisch herum und eröffneten die Sitzung.

»Wir haben heute einen großartigen Tag hinter uns«, erklärte Korbinian Treter aus der 10 c und nickte den Anwesenden zu. »Clarissa ist unser neues Mitglied und wird Schülersprecherin. Ihr Auftritt heute Vormittag war super!«

»Wir sind eine ganz besondere Gruppe«, erklärte Mike Landauer. »Wir haben die Intelligenz, den Sport und die Kreativität an Bord. Mit Clarissa auch die Politik. Zumindest am Städtischen. An uns kommt keiner mehr vorbei, und in wenigen Wochen wird der Club entscheiden, was an dieser Schule geht und was nicht.«

Die Mitglieder jubelten und klopften mit den Gläsern auf den Tisch.

»Noch vor wenigen Wochen«, fuhr Mike fort, »waren wir nichts, keiner kannte uns. Zu Hause mussten wir funktionieren, damit die Leistungen stimmten, in der Schule sah man uns schief an, weil wir anders waren. Wir mussten uns dem Diktat der Mächtigen beugen, phantasielosen Menschen wie Lehrern und Direktoren. Heute sagen wir, wo es langgeht. Wir entscheiden, wer dabei ist und wer nicht. Das ist großartig!«

Die Clubmitglieder lachten. Ein hartes und bissiges Lachen.

»Das ist nicht nur schön oder bequem«, fuhr Korbinian Treter fort. »Es verlangt auch Opfer. Von uns und von den anderen. Unsere erste Regel lautet?«

»Wir halten uns an die Regeln!«, erwiderte die Gruppe im Chor.

Es war schwül und stickig im Clubhaus.

Sandra Müller stand auf und öffnete ein Fenster. »So ist es!«, sagte sie. »Wir erscheinen nie alleine am Clubhaus, nur in der Gruppe. Vergesst nicht, wie viele Schüler dem Club angehören wollen. Wir können nicht ausschließen, dass sie uns verfolgen. Nur wenn wir in der Gruppe unterwegs sind, vermeiden wir unnötiges Risiko.«

Sie blickte in die Runde und fuhr fort. »Regel Nummer zwei: Unsere Freunde sind in erster Linie die Mitglieder des Clubs, und wir unterstützen uns gegenseitig. Gibt es jemanden, der zu Hause oder in der Schule Probleme hat?«

Jean Diabang schüttelte den Kopf. »Meine Eltern wissen jetzt zwar, dass ich Mitglied des Clubs bin. Aber sie haben sich beruhigt.«

»Ich habe Probleme mit der Deutschlehrerin Frau Hartenstein«, sagte Lutz. »Sie nervt mich wegen meiner Mitgliedschaft im Club.«

»Und ich mit dem Hausmeister«, fügte Korbinian hinzu. »Aus unerfindlichen Gründen denkt er, ich hätte die Plakate aufgehängt.«

»Wir kümmern uns darum«, erwiderte Rainer Kabelbinder.

»Jeder der hier Anwesenden wird seine Ziele erreichen«, fuhr Sandra Müller fort. »Das ist Regel Nummer drei, und dafür werden wir sorgen. Damit sind wir auch schon bei Clarissa.«

Clarissa nickte. »Mithilfe des Clubs werde ich Schülervertreterin. Und ich danke ich euch allen für eure Unterstützung!«

»Was ist mit Andi Schulze?«, fragte Lutz Kaiman.

»Wieso?«, erwiderte Rainer Kabelbinder. »Der Junge ist gut. Er wird Clarissas Wahlkampfmanager, so, wie er das vorhat.«

»Und wenn er in den Club möchte?«, fragte Mike.

»Dann bekommt er eine Aufnahmeprüfung, die zu schwer für ihn ist«, erwiderte Rainer. »Er ist gut, aber nicht gut genug.«

Die Clubmitglieder lachten.

Ein dreckiges, fast schon gemeines Lachen.

»Wo ist eigentlich Babette?«, fragte Clarissa plötzlich. In diesem Moment krachte ein Donner, und die Mitglieder verstummten.

»Regel Nummer vier«, erklärte Sandra und nickte: »Habt ein Auge auf Mitglieder, die sporadisch erscheinen oder Regeln missachten. Wir können mittlerweile nicht mehr ausschließen, dass auch Schüler zu uns finden, die ihre eigenen Pläne haben. Pläne, die mit denen des Clubs nichts zu tun haben.« Sie stockte einen Moment. »War Babette nicht mal mit Clarissas Gegenkandidatin befreundet gewesen? Diesem Mädchen aus der Neunten, das den Club auffliegen lassen will?«

»Moment mal«, mischte sich Rainer ein. »Babette und diese Jenny sind Freundinnen?«

Die Gruppe begann zu tuscheln.

»Wo ist Babette jetzt?«, fragte Rainer.

Niemand wusste es. Aber plötzlich stand die Gefahr im Raum, greifbar wie ein ertappter Einbrecher. Möglicherweise war der Verrat schon in ihrer Mitte angekommen, hatte sich dort breitgemacht und bedrohte sie. Sie hatten es nur nicht bemerkt, keiner von ihnen.

Babette hatte das Gewerbegebiet fast erreicht, als ein gewaltiger Sturm aufkam. Kurz darauf krachten die ersten Blitze, es donnerte, und schließlich begann es, wie aus Eimern zu schütten. Sie sprang von Fahrrad und stellte sich unter einen Baum. Aber dann fiel ihr ein, wie gefährlich das war. Sie schloss ihr Fahrrad ab und eilte zu Fuß weiter. Allzu weit konnte es nicht mehr sein. Doch die mit Gras bewachsenen Wege ähnelten sich, überall gab es nur leer stehende Häuser oder Ruinen, und alle sahen gleich aus.

Sie wollte schon fast aufgeben, als sie plötzlich den Schein eines Kerzenlichts entdeckte, einen winzigen flackernden Punkt, der durch das Gestrüpp hindurchleuchtete. Es dauerte noch eine ganze Weile, bis sie das Gartentor fand, und als sie endlich auf das Vereinsheim zulief, war sie bereits bis auf die Haut durchnässt. »Ich habe Probleme mit der Deutschlehrerin Frau Hartenstein«, sagte Lutz gerade. »Sie nervt mich wegen meiner Mitgliedschaft im Club.«

»Und ich mit dem Hausmeister«, fügte Korbinian hinzu. »Aus unerfindlichen Gründen denkt er, ich hätte die Plakate aufgehängt.«

»Wir kümmern uns darum«, erklärte Rainer Kabelbinder, und Babette grinste. Sie schüttelte den Regen aus ihren Haaren und wollte gerade die Tür zum Clubhaus öffnen, als sie plötzlich ihren eigenen Namen hörte. Die Stimmung im Raum schien sich verändert zu haben, das konnte sie selbst hier draußen noch spüren.

Instinktiv ließ sie die Klinke los und überlegte. Vielleicht sollte sie erst einmal hören, worum es überhaupt ging.

Mit leisen Schritten schlich sie an der Hauswand entlang und lauschte den Stimmen, die durch das offene Fenster drangen. Erstaunlicherweise ging es immer noch um sie, und erst konnte sie gar nicht begreifen, was sie da hörte.

»War Babette nicht mal mit Clarissas Gegenkandidatin befreundet gewesen?« Das war die Stimme von Sandra Müller. »Diesem Mädchen aus der Neunten, das den Club auffliegen lassen will?«

»Moment mal«, mischte sich Rainer ein. »Babette und diese Jenny sind Freundinnen? Wo ist Babette jetzt?«

»Leute, so geht das alles nicht«, erklärte Sandra Müller.

»Was machen wir denn nun mit Babette?«, fragte Jean Diabang.

»Sie muss sofort austreten!«, riefen ein paar wenige.

»Aber sie kennt das Clubhaus«, erwiderten andere.

Die Gruppe begann aufgeregt zu tuscheln.

»Dann müssen wir ihr den Mund stopfen«, sagte Mike Landauer.

»Was soll das heißen?«

»So geht es aber auch nicht!«

»Lasst uns abstimmen!«

Babette hätte sich beinahe übergeben. Ihr war übel, und sie

musste sich an der Hauswand abstützen, um nicht zu straucheln. Sie zitterte am ganzen Körper und wäre am liebsten in Tränen ausgebrochen. Doch sie musste einen kühlen Kopf bewahren, denn eins war absolut klar: Sie hatte hier nichts mehr verloren. Mehr noch: Wenn sie nicht auf der Stelle verschwand, konnte es richtig gefährlich werden. Kein Mensch wusste, wo sie war. Und die Einzigen, die es wussten, würden sie unter Umständen nicht gehen lassen.

Babette atmete tief durch und versuchte, sich zu beruhigen. Dann löste sie sich von der Hauswand und schlich auf demselben Weg, auf dem sie gekommen war, zurück. Langsam und ohne ein Geräusch zu machen, schlüpfte sie durchs Gartentor. Und als sie endlich auf dem mit Gras bewachsenen Weg stand, rannte sie, so schnell sie konnte, los. Zurück zu der Stelle, wo ihr Fahrrad stand, zurück in Richtung Zivilisation.

17

QUENTIN HATTE SICH den Nachmittag freigenommen, Lisa vertrat ihn solange im Trödelladen. Es gab nicht viel zu tun, ein Unwetter zog herauf, und die Leute sahen zu, dass sie nach Hause kamen. Draußen war es bereits so dunkel, dass Lisa das Licht anmachen musste, und weil sie wusste, dass ihre Freunde kommen wollten, hatte sie eine Kanne Tee gekocht und Kuchen besorgt.

Als Erstes kam Jenny. Sie sah immer noch ziemlich mitgenommen aus. »Was für ein bescheuerter Tag.« Sie warf sich auf ein altes Sofa. »Ich bin so wütend, dass ich kotzen könnte.«

Dann kamen die Jungs. Leander benahm sich immer noch seltsam, er würdigte Lisa und Jenny kaum eines Blickes. Sergio dagegen wirkte gut gelaunt wie immer. »Erzähl, Jenny!«, sagte er.

Und die Kandidatin der Schülervertretung berichtete, was am Vormittag passiert war, schließlich war Sergio nicht dabei gewesen. Dafür war er nun ganz bei der Sache. »Das hast du hervorragend gemacht«, sagte er. »Es konnte ja niemand wissen, dass Clarissa das neueste Clubmitglied ist.«

Jenny stöhnte, und Sergio legte seine Hand auf ihre Schulter.

In diesem Moment erhellte ein Blitz Straße und Laden, wenige Sekunden später folgte ein krachender Donner.

»Ich glaube, ihr müsst eine Zeit lang hierbleiben«, sagte Lisa.

»Nichts lieber als das«, sagte Leander.

»Bist du sicher?«, fragte Lisa.

»Könntet ihr euch mal konzentrieren?«, beschwerte sich Jenny. »Ich werde nicht zur Schülervertreterin gewählt, habt ihr das vergessen?« Nein, das hatte niemand vergessen, und in der folgenden halben Stunde drehte sich das Gespräch ausschließlich darum.

»Schmacht-Schulze hat die Redezeit für die Mittelstufe ans Ende der Versammlung gelegt«, sagte Leander. »Meint ihr, er wusste, dass Clarissa den Vogel abschießen würde?«

»Ja, das ist wirklich merkwürdig«, sagte Lisa. »Aber es würde bedeuten, dass er zum Club gehört und eingeweiht war. Und das glaube ich nicht.«

»Wieso denn nicht?«, fragte Sergio. »Der Typ hält seit Wochen die Werbetrommel des Clubs am Laufen, da es ist doch naheliegend, zu denken, dass er dazugehört.«

Draußen krachte ein Donner, und im selben Moment wurde die Tür aufgestoßen. Babette taumelte in den Laden, klatschnass und bleich wie ein Leintuch. Die Wimperntusche lief in feinen Linien über ihr Gesicht, und sie zitterte am ganzen Körper.

»Hilfe«, stammelte sie. »Helft mir!«

Dann wurde sie ohnmächtig und brach zusammen.

»OH NEIN!«, schrie Jenny, die Jungs sprangen auf, und Lisa eilte nach oben in die Wohnung, um trockene Klamotten und ein Handtuch zu holen.

Es dauerte über eine halbe Stunde, bis Babette ansprechbar war. Jenny half ihr, sich hinter einem alten Wandschirm umzuziehen, dann wickelte sie das Handtuch um den Kopf ihrer Freundin und schenkte ihr eine Tasse Tee ein.

»Trink das«, sagte sie, »und erzähl, was passiert ist.«

Doch das war leichter gesagt als getan. Babette zitterte am ganzen Körper und brachte kaum einen Ton heraus.

»Der Club will mich ausstoßen«, flüsterte sie.

Leander zog die Augenbrauen hoch, Sergio runzelte die Stirn, aber keiner wollte Babette bedrängen. »Was ist passiert?«, fragte Jenny noch einmal und legte den Arm um ihre Freundin.

»Wir treffen uns montags- und mittwochsnachmittags und am Freitag abends. Manchmal komme ich zu spät oder schaffe es gar nicht. Heute wieder. Also bin ich alleine ins Gewerbegebiet gefahren. Zehn Minuten später kam das Gewitter, und ich habe das Fahrrad an die große Kastanie gelehnt …« Hier versagte ihr die Stimme, und es dauerte eine Weile, ehe sie weiterredete. »Ich bin zu Fuß zum Clubhaus, und da habe ich sie gehört. Sie wollen mich ausstoßen, weil ich unpünktlich bin. Weil ich Kontakt zu Jenny habe und weil sie denken, ich verrate sie.«

»Aber das tust du doch gar nicht«, sagte Lisa.

Babette bebte am ganzen Körper, ihre Schultern hoben

und senkten sich, und ihre Stimme ertrank in einer Sturzflut von Tränen. »Die sind gefährlich«, schluchzte sie. »Die wollen mir was antun.«

»Sie hat einen Schock«, sagte Sergio. Er stand auf, zog einen Stuhl heran und setzte sich neben sie. »Wovor hast du solche Angst?«, fragte er. Der melodische Singsang seiner Stimme schien beruhigend auf Babette zu wirken.

»Sie wollen mir den Mund stopfen«, flüsterte Babette. »Das hat Mike gesagt, und dann bin ich abgehauen …«

Die Freunde warfen sich einen kurzen, alarmierten Blick zu. Die ganze Sache schien härter und brutaler zu sein, als sie gedacht hatten.

»Von wo bist du abgehauen?«, fragte Sergio, und die Freunde hielten den Atem an. Doch mehr war aus Babette nicht herauszubringen. Sie zitterte am ganzen Körper, ihr Gesicht glühte, und sie stammelte wirres Zeug. »Das darf ich nicht sagen«, schluchzte sie. »Ich kann nie wieder in die Schule gehen, die finden mich …«

»Das ist ja schrecklich«, sagte Jenny und strich ihrer Freundin über den Rücken. »Wo bist du denn da nur hineingeraten?«

»Jetzt pass mal auf«, sagte Lisa. »So, wie du aussiehst, hast du Fieber und bleibst die nächsten Tage sowieso zu Hause. In Ordnung?« Babette nickte.

»Heute Abend«, sagte Lisa, »rufst du jemanden vom Club an. Du sagst, dass du krank bist und deshalb nicht kommen konntest. Und bittest darum, dass dich morgen jemand besucht. Dann sehen sie ja, dass du verhindert warst.«

»Das ist eine gute Idee«, sagte Leander. »Weder Jenny noch Lisa werden dich zu Hause besuchen. Im Gegenteil, sie werden in der Schule herumerzählen, dass sie mit dir nichts mehr zu tun haben wollen. Dann musst du dir keine weiteren Sorgen machen.«

Babette schien Hoffnung zu schöpfen, sie blickte auf.

»Hast du alles genau verstanden?«, fragte Jenny, und Babette nickte.

»Dann ruf ich dir jetzt ein Taxi, und du fährst nach Hause«, sagte sie, griff nach ihrem Portemonnaie und zückte zehn Euro. »Wir mailen, telefonieren oder simsen.«

Mit diesen Worten griff sie zum Handy und bestellte ein Taxi.

»Ich würde dich gerne begleiten«, sagte sie. »Aber du hast Lisa gehört, und ich glaube, sie hat recht. Wir warten, bis sich alles beruhigt hat. Vielleicht magst du uns dann ja sagen, wo das Clubhaus steht.«

»Das kann ich nicht«, sagte Babette und schluchzte schon wieder. »Das wäre Hochverrat, und ich sterbe jetzt schon vor Angst …«

In diesem Moment kam das Taxi.

Babette wurde von allen gebührend verabschiedet und umarmt. »Wir schaffen das schon«, sagte Jenny, hakte sich bei ihrer Freundin unter und begleitete sie nach draußen.

»Uff«, sagte Sergio, als Jenny zurückkam. Leander lief nervös im Laden auf und ab, und Lisa saß auf einem Stuhl und schwieg.

Jenny war außer sich. »Diese Schweine«, schimpfte sie und

haute mit der flachen Hand auf ein Regalbrett. »Ich mach sie fertig.«

»Wir wissen nicht, was passiert ist«, erwiderte Lisa. Doch sie beruhigte sich mit diesem Satz nur selbst. Babette war ein pragmatischer und äußerst rational denkender Mensch. Wenn ihr jemand solche Angst eingejagt hatte, entsprang das sicher nicht ihrer Phantasie. »Gut, dass keiner von uns auf der Sache mit dem Clubhaus beharrt hat«, sagte Lisa.

»Das wäre sinnlos gewesen«, erwiderte Leander. »Babette hatte viel zu viel Angst, wir hätten nichts erfahren. Aber vielleicht finden wir es auch so heraus. Gibt es hier irgendwo einen Stadtplan?«

Lisa nickte, kramte in einer von Quentins Schubladen und breitete den Plan auf dem Tisch aus.

»Hier wohnt Babette«, sagte Jenny. Sie tippte auf eine Straße im Viertel, und Sergio nickte. »Wenn sie von dort mit dem Fahrrad losgefahren ist und zum alten Gewerbegebiet wollte, wäre das der kürzeste Weg.« Er strich mit dem Zeigefinger über die Straßen, die an der Isar entlangführten, und deutete auf eine Ansammlung grauer Kästchen und grüner Flächen.

»Nach zehn Minuten kam das Gewitter«, fuhr Lisa fort. »Babette lehnte ihr Fahrrad an eine große Kastanie. Sie ging zu Fuß weiter. Es klang nicht so, als wäre der Weg besonders weit gewesen.«

»Morgen ist Dienstag«, sagte Leander. »Da gibt es kein Clubtreffen, also haben wir freie Bahn. Ich schlage vor, dass Sergio und ich das Gebiet mit dem Fahrrad abklappern. Natürlich könnten wir das auch zu viert machen, aber wenn wir entdeckt werden, wäre es besser, wenn nicht ausgerechnet die Freundinnen von Babette dabei sind.«

»Dann hoffen wir mal, dass die Anzahl großer Kastanien in dieser Gegend begrenzt ist«, sagte Sergio und verdrehte die Augen.

»Ich muss mit dir reden«, sagte Leander, nachdem Jenny und Sergio gegangen waren. Lisa zuckte zusammen. Sie hatte wenig Ahnung von Jungs und noch weniger Ahnung von Liebesgeschichten. Doch eines wusste sie: Sie begannen niemals mit dem Satz »Ich muss mit dir reden«. Wenn ihr Vater das zu ihrer Mutter sagte, konnte man die beiden noch Stunden später hinter verschlossenen Türen streiten hören. Wenn Lehrer diesen Satz sagten, bedeutete er ebenfalls nichts Gutes.

»Was ist los?«, fragte sie betont gelassen und schloss die Tür. »Geht es darum, dass du seit heute Vormittag nicht mehr mit mir sprichst, nicht anrufst …«

»Genau darum geht es«, sagte Leander. Er suchte nach Worten. »Ich habe dir doch erzählt, dass ich mit jemandem zusammen war. Dieses Mädchen war … Clarissa.«

Lisa spürte, wie das Adrenalin durch ihren Körper schoss, wie Treibstoff durch eine Rakete, Kerosin durch den Sputnik.

»Clarissa?«, stöhnte sie. »Das ist jetzt nicht dein Ernst!«

»Doch«, fuhr Leander fort. »Wir hatten ein paar Monate lang eine gute Zeit. Aber dann …«

»… hat sie dich verlassen«, beendete Lisa den Satz.

Leander schüttelte den Kopf. »Ich habe Schluss gemacht.

Kurz nachdem du an unsere Schule gekommen bist. Ich habe dich auf dem Schulhof gesehen, habe mich nach dir erkundigt und immer öfter an dich gedacht. Da begriff ich, dass mir die Sache mit Clarissa nicht genug bedeutete.«

Lisa starrte Leander an.

»Leider hat sie das nicht gut verkraftet«, fuhr Leander fort. »Sie wurde besitzergreifend, rief mehrmals täglich an, erkundigte sich bei meinen Eltern, wo ich mich aufhielt, und schnüffelte mir nach.«

»Dann war sie es vielleicht, die dich verfolgt hat?«, fragte Lisa. Sie hatte sich beruhigt, und ihr Kopf funktionierte wieder.

Leander nickte. »Das dachte ich anfangs auch, aber dann hätte ich sie irgendwann gesehen und erkannt. Das habe ich aber nicht.«

Lisa nickte. »Was beschäftigt dich dann so?«

»Sorry, dass ich mich dir gegenüber so komisch verhalten habe, ich war einfach total durcheinander«, sagte Leander. »Als Clarissa verkündet hat, dass sie das neue Mitglied im Club ist, habe ich ihren Blick gesehen. Da wusste ich, dass sie mich als nächstes Mitglied vorschlagen wird. Oder etwas mit dir anstellt, wenn sie von deiner Existenz erfährt.«

Lisa überlegte, wie sie auf Leanders Äußerungen reagieren sollte. »Echt? Überschätzt du dich da nicht?«, sagte sie schließlich. Dann verzogen sich ihre Lippen zu einem Lächeln. »Mach dir um mich mal keine Sorgen«, sagte sie, trat ganz nah an Leander heran, blickte in seine eismeerblauen Augen und küsste ihn. Es war, als würde ein Funke überspringen und die Energie zweier Menschen durch ein und denselben Kreislauf jagen. Die Luft um sie herum flirrte, und irgendwo spielte jemand eine leise Melodie. Es ist alles nur in meinem Kopf, dachte Lisa, aber es gefiel ihr, was da war, und es sollte auf keinen Fall aufhören.

In dieser Nacht träumte sie seltsame Dinge. Sie hatte sich in eine Nixe verwandelt, und nun gehörten die Meere ihr. Sie konnte noch nicht so gut schwimmen wie die älteren Nixen, und sie hatte auch nicht ganz so langes Haar, aber die anderen beruhigten sie. Weil es immer so war zu Beginn. Und weil alles seine Zeit brauchte, auch unter Wasser. Manchmal schwamm Leander vorbei und rief ihr etwas zu. Aber sie war nicht schnell genug und verpasste ihn. Und so griff sie weiter nach seinen Worten, die wie bunte Blasen durchs Wasser tropften und auf den Korallenbänken zerspringen wollten. Manche von ihnen konnte sie retten und sperrte sie in Gläser, andere galten nicht ihr oder verschwanden in den Tiefen des Meeres. »Was willst du mit den Worten machen?«, fragte eine Nixe, die so aussah wie Jenny. »Ich sammle sie«, sagte Lisa. »Und wenn ich alle habe, ergeben sie vielleicht einen Sinn.«

18

AM NÄCHSTEN TAG überschlugen sich die Ereignisse. In der Schule war mächtig was los. Clarissa hatte Schmacht-Schulze zu ihrem Wahlkampfhelfer ernannt. Nun stieg er in jeder kleinen und großen Pause auf die Kiste und warb für sie. Das machte er hervorragend, und zur Mittagszeit wusste die gesamte Schule alles über Clarissa. Natürlich nur Gutes. Sie war eine Mischung aus Hochbegabung, Bescheidenheit, Schönheit und Humor. Sie spielte Klarinette und Tennis, trat für Tiere in Not ein, hatte erstklassige Zeugnisse und besuchte einen Salsa-Kurs. Als Kind war sie zur *Little Miss Sendling* gewählt worden, und im Sternzeichen war sie Löwe. »Löwen haben Kraft und Ausdauer, vor allem aber einen eisernen Willen«, erklärte Schmacht-Schulze, und das glaubte man ihm gerne. Schließlich war Clarissa in den Club aufgenommen worden, hatte Schmacht-Schulze zu ihrem Pressechef gemacht und den Sieg praktisch schon in der Tasche. Überhaupt war man erstaunt, was für tolle Sachen sie machte. Die Wenigsten hatten davon gewusst oder Clarissa überhaupt gekannt, doch das änderte sich schlagartig.

Als der Unterricht vorbei war, verteilten Mädchen aus der Unterstufe selbst gemachte Buttons mit Clarissas Bild, und auf dem Schulhof hatten Jungs aus der Mittelstufe Wahlplakate aufgestellt.

»Sieh einfach nicht hin«, sagte Lisa. Sie schleifte Jenny über den Schulhof und schimpfte lautstark auf Babette, die untreue Freundin und illoyale Querulantin, die es gewagt hatte, dem Club beizutreten.

»Ich dachte, ihr seid Freunde«, sagte ein Mädchen aus der Neunten.

»Das war einmal«, erwiderte Jenny mit lauter Stimme. »Sie hat seit Tagen den Kontakt zu uns abgebrochen.«

»Sprecht ihr von Babette?« Mike Landauer war auf die Mädchen zugetreten, in seinem Gesicht spiegelte sich echtes Erstaunen.

»Von wem sonst!« Jenny tat genervt. »Ich wüsste allerdings nicht, was dich das angeht!« Mike machte sich schleunigst aus dem Staub, und Lisa grinste. »Gut gemacht«, flüsterte sie. »Ich bin mir sicher, jetzt hat der Trottel etwas, worüber er nachdenken kann!«

Die Mädchen hatten gerade das Schulgelände verlassen, als Lisas Handy klingelte. Es war Leander.

»Es ging schneller, als ich dachte«, sagte er leise. »Der Club will mich. Ich habe eben die Post aus dem Briefkasten gefischt: Die Aufnahmeprüfung ist morgen.«

Lisa wurde blass. »Was willst du tun?«, fragte sie leise.

»Jetzt fahren Sergio und ich erst mal ins alte Gewerbegebiet. Können wir uns später noch im Trödelladen treffen?«

»Auf alle Fälle«, erwiderte Lisa. »Gebt Bescheid, wenn ihr kommt.« Dann unterbrach sie die Verbindung.

»Was ist los?«, fragte Jenny, doch Lisa legte den Zeigefinger auf die Lippen und lief los. Erst als sie weit genug von der Schule entfernt waren, machte sie den Mund auf. »Leander hat Post bekommen«, flüsterte sie, und Jenny verstand sofort.

»Der Club«, sagte sie leise. »Sie wollen ihn haben?«

»Aufnahmeprüfung morgen«, erklärte Lisa.

»Ist das ein Zufall?«, fragte Jenny, und Lisa zuckte mit den Schultern. »Er kennt Clarissa, aber ob das zusammenhängt, weiß ich nicht. Die Jungs kommen jedenfalls später noch in den Laden.«

»Gib mir Bescheid, ich werde da sein«, sagte Jenny. Sie umarmte ihre Freundin, dann tauchten beide in der Menge der Menschen unter und machten sich auf den Nachhauseweg.

Am Nachmittag fuhren Sergio und Leander ins alte Gewerbegebiet. Sie starteten in der Nähe von Babettes Wohnung, versuchten ein normales Tempo zu halten und den kürzesten Weg zu nehmen. Nach etwa zehn Minuten sah Sergio auf die Uhr. »Die Zeit ist um, wir sind aber noch ein Stück entfernt«, rief er, und Leander nickte. Mit Zeiteinschätzungen war das so eine Sache. Babette war im Stress gewesen, da konnten die Dimensionen verrutschen. »Wir fahren maximal noch fünf Minuten«, sagte Leander. »Dann halten wir an und sehen uns um.« Doch das war gar nicht nötig, denn in diesem Moment bremste Sergio.

»SIEH MAL!«, rief er. »DIESER BAUM HIER!«

Die Kastanie war riesig, ihre Äste reichten weit über die Straße. Es konnte gut sein, dass sich Babette hier untergestellt hatte. Aber links und rechts standen Reihenhäuser, und vom Gewerbegebiet war weit und breit nichts zu sehen. Dennoch stiegen die Jungs ab, ließen die Fahrräder stehen und gingen zu Fuß weiter. Hinter den Häusern führte eine Straße zum Fluss hinunter und endete im Nichts.

»Hier gibt es einen Weg«, rief Leander. Er folgte dem mit Gras überwucherten Pfad, und plötzlich waren sie da, tauchten wie aus dem Nichts auf: leer stehende Fabrikgebäude, moderne Ruinen auf verwilderten, verlassenen Grundstücken.

»Wie sollen wir hier ein Clubhaus oder einem Geheimtreff finden?«, fragte Sergio. Leander stimmte ihm zu, das war unmöglich. Sie konnten nicht jedes Gebäude und alle Fabrikhallen absuchen, das hätte Tage gedauert. Allerdings klang Clubhaus nicht unbedingt nach einer Fabrik. »Irgendein kleines Häuschen, das relativ gut erhalten ist«, erwiderte Leander. »Schieb die Büsche und den Efeu an den Zäunen beiseite. Ich denke, es ist gut versteckt.«

Es dauerte keine fünfzehn Minuten, dann entdeckten sie das verlassene Vereinsheim eines Tennisclubs. Sie schwangen sich über das Gartentor, spazierten über den Tennisplatz, fanden modische Sonnenbrillen und verlorene Haarspangen und grinsten sich an.

»Wir sollten uns im Haus umsehen«, sagte Leander.

Er schritt das Gebäude ab. Die Fenster waren alle verschlossen, doch an einem hatte sich der Riegel verklemmt. Leander wickelte seine Jacke um den Unterarm, drückte mit Wucht dagegen, und die Fensterflügel sprangen auf. Die Jungs kletterten hinein und inspizierten das Innere des ehemaligen Tennisclubs, blickten in gut gefüllte Kühlschränke und auf Dutzende von abgewaschenen Tellern. »Wir haben es gefunden«, sagte Leander und lachte. Und Sergio ballte die Hand zur Faust und streckte sie in den Himmel.

»Wir haben den geheimen Treff gefunden«, verkündete Sergio, als die Jungs am Abend in den Trödelladen rumpelten. »Es ist das ehemalige Gelände eines Tennisvereins, mit einem kleinen Häuschen. Recht gemütlich und gut versteckt.«

Jenny jubelte.

»Und ihr seid sicher …?«, fragte Lisa.

Leander nickte. »Wir haben viele persönliche Sachen gefunden. Das ist der Ort, von dem Babette erzählt hat.« Dann griff er in seine hintere Hosentasche, zog einen zerknitterten Brief hervor, und da war sie: die Einladung zur Aufnahmeprüfung.

Die Freunde setzten sich um den Tisch herum. Schweigend lasen sie die wenigen Zeilen, und Jenny war die Erste, die sich äußerte: »Du sollst morgen Nachmittag 1000 Meter auf dem Sportplatz der Schule laufen?« Sie schien erstaunt. »Und einen Weitsprung von 4,50 Metern schaffen? Leute, das ist gar nichts!«

»Offenbar traut man mir nicht mehr zu«, sagte Leander in gespieltem Bedauern. »Aber ich bin mir sicher, dass niemand zusehen wird. Erinnert ihr euch? Mittwochs trifft sich der Club im alten Tennisverein und nicht auf irgendeinem Sportplatz.«

»Dann ist es wie bei Babette«, murmelte Lisa und dachte an die seltsame Vorstellung im Park. »Anscheinend muss jedes Mitglied eine Prüfung bestehen, aber niemand nimmt sie ab.«

»Ich werde trotzdem laufen«, sagte Leander. »Auch wenn keiner zusieht, sicher ist sicher. Dann ist endlich einer von uns im Club!«

»Das ist super«, sagte Jenny. »Allein schon wegen Babette.«

»Aber das ist noch nichts alles«, sagte Leander. Er lehnte sich zurück und verschränkte die Arme hinter dem Kopf. »Freitagabend lassen wir den Club hochgehen, und ich weiß auch schon, wie.«

»Wie willst du das anstellen?«, fragte Sergio.

Leander tippte auf den Brief, genauer, auf die letzten zwei Zeilen. **Wir freuen uns, dich am Freitagabend auf unserer Party im Club aufzunehmen, der genaue Treffpunkt wird noch bekannt gegeben.** Er beugte sich über den Tisch und senkte die Stimme. »Wenn mein Plan gelingt, kann Babette sich wieder sicher fühlen, und Jenny wird am Montag zur Schülervertreterin gewählt!«

Jenny jubelte und drückte Leander einen Kuss auf die Wange.

Und Lisa schüttelte einfach nur schmunzelnd den Kopf. Das mochte sie so an Leander: dass er wie ein Zauberer immer noch einen extra Hasen im Hut hatte, den er plötzlich hervorzog. Wenn Leander andeutete, dass er einen Plan hatte, dann war es ganz sicher ein guter.

»Ich erkläre euch, was mir vorschwebt, es ist aber nicht ganz ungefährlich«, sagte Leander.

»Macht nichts«, meinten die anderen wie im Chor und stießen mit den Fäusten ihrer rechten Hand gegeneinander.

Jenny konnte an diesem Abend lange nicht einschlafen, und als ihr endlich die Augen zufielen, rutschte sie in einen seltsamen Traum:

Sie wollte zur Ministerpräsidentin gewählt werden, und Schmacht-Schulze war ihr persönlicher Referent. »Sie ist außergewöhnlich«, sagte er in Radio- und Fernsehansprachen. »Und ihre Glückszahl ist die Zwei. Sie hat zwei Brüder, zwei Freundinnen und liebt zwei Männer. Abends trinkt sie zwei Tassen Kakao, und in der Schule hatte sie nie eine bessere Note.«

»Das wird ihr Image zerstören«, sagten die Fernsehredakteure.

Doch Schmacht-Schulze schüttelte den Kopf. »Die Menschen mögen keine Überflieger, außer sie sind selbst welche«, sagte er und zählte die Stimmen aus.

Auch Leander träumte in dieser Nacht, und es war ähnlich wirr. Er streifte durch die Hinterhöfe und war auf der Suche nach Lisa. Er hörte ihr Lachen und öffnete die Tür zum nächsten Hof. Aber dort saß Clarissa in einer Gruppe fremder Menschen und grillte.

»Du kannst nicht mitmachen«, sagte sie. »Ich war schneller.«

Da hörte er wieder Lisas Lachen und kletterte über eine Mauer. Doch als er auf der anderen Seite ankam, traf er nur auf Clarissa inmitten einer Horde Fußball spielender Jungs.

»Du kannst nicht mitmachen«, sagte sie und klang schon etwas genervt. »Du weißt doch, ich war schneller.«

Leander kam sich vor, als wäre er in der Geschichte vom Hasen und dem Igel gelandet und dort auf ewig gefangen. »Es ist nur ein Traum«, sagte er zu sich selbst.

Aber jedes Mal, wenn er kurz davor war, aufzuwachen, hörte er Lisas Lachen und machte sich erneut auf die Suche.

Babette hatte in dieser Nacht hohes Fieber. Immer wieder schreckte sie hoch, in dem sicheren Bewusstsein, etwas vergessen zu haben. Etwas, das furchtbar wichtig war. Aber es fiel ihr nicht ein. Und so versank sie in einem Strudel aus Albträumen, schlief ein paar Stunden, um schließlich wieder hochzuschrecken. In dem sicheren Wissen, tatsächlich etwas vergessen zu haben. Nur was?

Sie quälte sich aus dem Bett, trank ein paar Schlucke Wasser und blickte in den Badezimmerspiegel. Ihr Gesicht war aufgequollen, ihre Augen lagen in tiefen Höhlen, und sie sah einfach furchtbar aus. Jenny hatte absolut recht: In was war sie da nur hineingeraten?

Die grün beleuchteten Türen der Notausgänge glichen nun feurigen Höllentoren, und sie war ein Esel, dass sie so unbedacht hindurchmarschiert war. Mist, was beunruhigte sie, was hatte sie vergessen? Kraftlos sank sie auf ihr Bett und war wenige Minuten später schon wieder eingeschlafen. In ihren Träumen rutschte sie von einem Ort zum anderen, Gesichter blitzten auf, Stimmen umkreisten sie. »Du bist ein Esel«, rief Jenny. »Du hast die Hartenstein vergessen.« Und war da nicht noch jemand?

»Der Hausmeister«, rief Lisa und lachte.

In diesem Moment fuhr Babette hoch. Sie saß senkrecht im Bett, und ihr Puls raste. Die Hartenstein. Der Hausmeister.

»Wir werden uns darum kümmern«, hatte sie Rainer sagen hören. Und Babette erinnerte sich, wie sie gelächelt und sich gefreut hatte über so viel Gemeinschaftssinn und Menschen wie Rainer. Die andere beruhigten und anpackten, wenn Not am Mann war. Nur wenige Sekunden später hatte sie erfahren, wie der Club wirklich tickte und wie rücksichtslos er vorging. Mit zitternden Fingern griff sie nach ihrem Handy und schickte Jenny und Lisa eine SMS: **Sind die Hartenstein und der Hausmeister okay? Dringend, Babette.**

19

NOCH VOR DEM UNTERRICHT ging Jenny ins Sekretariat und erfuhr, dass sowohl Frau Hartenstein als auch der Hausmeister krankgeschrieben waren. Sie bat um einen Termin im Direktorat, und weil sie als Schülervertreterin nominiert war, bekam sie ihn auch.

»Ich kann Ihnen nicht sagen, worum es geht«, erklärte sie wenige Minuten später der Direktorin. »Aber ich mache mir echt Sorgen um Frau Hartenstein und Herrn Fink. Ich möchte Sie bitten, die beiden anzurufen und abzuklären, warum sie heute nicht hier sind.«

Die Direktorin schüttelte den Kopf. »Das darf ich gar nicht. Krankschreibung ist Krankschreibung.«

»Sagen Sie ihnen, dass ich etwas gehört habe, was mir Sorgen macht, und ich später alles erklären werde. Ich warte solange draußen.« Jenny setzte ihren Ich-lass-nicht-mit-mir-verhandeln-Blick auf, rauschte aus dem Zimmer und konnte aus den Augenwinkeln heraus gerade noch sehen, wie die Direktorin zum Hörer griff. Zehn Minuten später wurde Jenny ins Sekretariat gebeten, wo man ihr ausrichtete, dass alles in

Ordnung sei. Frau Hartenstein hatte eine leichte Grippe und Herr Fink einen Termin beim Zahnarzt.

»Da habe ich mich ja ordentlich zum Idioten gemacht«, murmelte Jenny, als sie in ihr Klassenzimmer ging. Warum sich Babette wohl so viele Sorgen um die beiden machte? Na egal, sie hatte mit Sicherheit einen guten Grund. Schnell griff Jenny nach ihrem Handy und schickte ihrer Freundin eine SMS: **Alles okay mit Frau Hartenstein und dem Hausmeister, erhol dich gut!**

Das war aber auch das Einzige, was an diesem Tag am Städtischen okay war. Die Schule hatte sich unbemerkt über Nacht verändert und zeigte in der Pause ihr neues Gesicht:

Zum ersten Mal standen die Mitglieder des Clubs gemeinsam auf dem Schulhof. Sie hatten sich eine ruhige Ecke gesucht, und nun wurde deutlich, wer alles zum Club gehörte und wie viele es waren. Über zwanzig Schüler. Sie sprachen miteinander, lachten und hatten Spaß. Schmacht-Schulze hatte sich auf seiner Kiste vor sie gestellt und wies darauf hin, dass dieser Teil des Pausenhofs in Zukunft vom Club beansprucht würde.

»Wie bitte, und was ist mit uns?«, rief ein Mädchen.

»Ihr habt den ganzen Rest des Geländes«, erwiderte Schmacht-Schulze, stieg von der Kiste und mischte sich wie selbstverständlich unter die Mitglieder des Clubs.

Aber das war noch nicht alles.

Am Pausenkiosk, wo eine lange Schlange hungriger Schüler stand, drängten sich Lutz Kaiman und Sandra Müller nach vorne. »**Lasst uns durch, wir sind vom Club**«, sagten sie, und tatsächlich traten alle beiseite. Natürlich war das Verhalten der beiden unfair, aber niemand wollte anecken oder unangenehm auffallen. In wenigen Tagen war man ja vielleicht selbst schon Mitglied und konnte diesen Vorteil auch genießen.

Von solchen Vorteilen gab es plötzlich jede Menge. Die Mitglieder des Clubs suchten sich die besten Umkleidekabinen im Sport aus, stiegen als Erste in die Schulbusse, setzten sich im Unterricht nebeneinander, bekamen die frischen Exemplare der Schülerzeitung, und erstaunlicherweise blieb alles ruhig, und keiner beschwerte sich.

Am Ende des Schultages stellte sich Schmacht-Schulze wieder auf die Kiste, diesmal aber nicht in seiner Funktion als Wahlkämpfer, sondern als Privatmann, wie er sagte.

»Es geht um den Club, und es gibt Neuigkeiten«, erklärte er, und es dauerte nicht lange, bis es sich herumgesprochen hatte und der Pausenhof voll war. »Der Club möchte an dieser Schule einiges verändern«, sagte Schmacht-Schulze und lächelte.

Erstaunlicherweise gab es noch ein paar Mutige, die mit dem Club nicht einverstanden waren. »Das haben wir gemerkt«, riefen zwei Jungs aus der Unterstufe. »Die drängeln sich vor und wollen überall die Ersten sein.«

»Das sollte man nicht zu eng sehen«, sagte Schmacht-Schulze. »Es geht doch um weit größere Ziele. Was glaubt ihr, welchen Ruf das Städtische hat?«

»Geht so«, riefen einige.

»Leistungen und Abschlüsse sind mies.«

»Wir haben noch nie einen Preis für irgendwas gewonnen.«

So ging es hin und her, bis es auch der Letzte verstanden hatte: So prickelnd war es nicht, was das Städtische zu bieten hatte.

»Genau das wird der Club ändern«, erklärte Schmacht-Schulze. »Und es wird nicht mehr lange dauern, dann seid ihr auch dabei!«

»WANN IST ES SO WEIT, WAS MÜSSEN WIR DAFÜR TUN?«, schrien einige.

»Nichts, wartet einfach ab«, erwiderte Schulze.

Er stieg von seiner Kiste, und Leander grinste, er hatte genug gehört. Besser hätte es nicht laufen können. Nach dieser Rede glaubte jeder, der Nächste im Club zu sein. Ohne auch nur irgendetwas dafür zu tun. Lange genug gewartet hatten ja alle. Gut, dachte Leander, nun ist es so weit, dann machen wir euch jetzt zu Mitgliedern. Und zwar schneller, als ihr euch das hättet träumen lassen.

Die Freunde trafen sich bei Leander zu Hause. Jenny hatte eine Liste aller Schüler dabei, Sergio seinen Laptop, Lisa Briefmarken und Umschläge. Und dann legten sie los.

Jenny nannte einen Namen, Sergio suchte die Adresse im Netz, Leander druckte das Anschreiben aus, und Lisa tütete es ein. Wenn Sergio die Adresse nicht fand, nannte Jenny ihm einfach einen anderen Namen. Im Prinzip war es egal, wen sie kontaktierten. Hauptsache, es waren viele.

Kurz vor sechzehn Uhr blickte Leander auf die Uhr und

sprang auf. »Ich muss auf den Sportplatz zur Aufnahmeprüfung. Kommt ihr alleine klar?«

»Logisch«, erwiderte Sergio.

»Brauchst du Unterstützung?«, fragte Lisa.

Leander beugte sich zu ihr herunter und gab ihr einen Kuss. »Von dir immer, aber heute schaff ich es alleine.«

Jenny ließ vor Erstaunen die Listen fallen. »Hey, was geht denn hier ab, habe ich was verpasst?«

»Jede Menge«, sagte Leander, und Lisa strahlte.

»Sergio, hast du davon gewusst?«

Doch Sergio schien genauso überrascht, und Jenny kreischte. »Ich will alles haarklein erzählt bekommen, aber ich sehe ein, dass dies nicht der richtige Zeitpunkt ist.«

Sie zwinkerte Lisa zu, dann nannte sie auch schon den nächsten Namen, Sergio gab die Daten in den Computer ein, und Leander verschwand.

»So«, sagte Lisa eine Stunde später. »Wir haben jetzt fünfzig Schüler angeschrieben, und außerdem keine Briefmarken mehr.«

Sie blickte auf den letzten Brief, der Text war wirklich gut:

Liebe/Lieber ...!
Der Club freut sich, Dich als neues Mitglied aufzunehmen.
Dein Einstand findet am kommenden Freitag um 19.00 Uhr in unserem Clubhaus statt, Lageskizze liegt bei. Bitte sprich mit niemandem darüber und auch mit uns erst am Freitagabend.
Wir verlassen uns auf Dich,
mit herzlichem Gruß, der Club

Es folgte die genaue Wegbeschreibung zum Tennisverein im alten Gewerbegebiet. Den Briefkopf und den restlichen Klimbim hatten sie von Leanders Einladung herunterkopiert, und das Ganze sah richtig gut aus. »Ich bringe die Briefe sofort zur Post«, sagte Lisa. »Dann sind sie morgen Mittag da.«

»Und ich kümmere mich um den Rest«, sagte Jenny. »Gemeinsam mit Sergio natürlich.«

Leanders Eltern saßen im Wohnzimmer und sahen Nachrichten. Die Freunde verabschiedeten sich, machten sich auf den Heimweg, und nur wenige Minuten später erhielten sie eine SMS von Leander. Er hatte das Sportprogramm zu seiner vollen Zufriedenheit absolviert, auf einem verwaisten Sportplatz und ganz ohne Zuschauer.

Aber das hatte er ja vorhergesehen.

Leander führte an diesem Abend ein langes Gespräch mit seinem Vater. Er erzählte ihm, was sie über den Club herausgefunden hatten, wie sich die Mitglieder neuerdings benahmen und was sie dagegen unternehmen wollten. Sein Vater hörte mit dem größten Interesse zu.

»Und jetzt möchtest du von mir wissen, ob euer Plan aufgeht?«, fragte er.

Leander nickte.

»Eure Idee ist gut. Ihr werdet das Vorgehen des Clubs massiv durcheinanderbringen und damit eine gewaltige Irritation erzeugen. Die Frage ist nur, ob das ausreicht. Wenn der Club flexibel genug ist, macht er sich euren Plan zunutze, und das war's dann.«

»Was können wir tun, damit es hundertprozentig funktioniert?«

»Was ist denn das Besondere an dem Club?«, fragte sein Vater.

»Dass die Mitglieder glauben, besonders zu sein«, erwiderte Leander. »Dass sie fernab von Eltern und Erwachsenen feiern und Spaß haben können. Dass sie sich über Lehrer und Autoritäten erheben, Macht über andere Schüler haben und sich extrem cool vorkommen.«

»Genau«, sagte sein Vater, nahm einen dicken schwarzen Stift und trat an eine Wandtafel aus Papier. In wenigen Sekunden notierte er, was den Club cool machte, aber auch, was ihn uncool machen und nachhaltig zerstören würde. »Wenn ihr das in euern Plan einbauen könntet«, sagte er, »hättet ihr gewonnen.«

Leander bedankte sich, verschwand in sein Zimmer und schrieb sofort eine Mail an seine Freunde.

»Nichts leichter als das«, erwiderte Lisa, und Jenny stimmte ihr zu.

Am Donnerstag machten sie sich an die Arbeit. Jenny sprach als Erstes mit Frau Hartenstein und dem Vertrauenslehrer, Herrn Bronski. »Natürlich wird es ein wenig Zeit kosten. Aber wir sind uns sicher, dass damit der Spuk um den Club ein Ende nimmt«, sagte sie.

»Das würde ich mir wirklich wünschen«, erklärte Frau Hartenstein, und Herr Bronski dachte ähnlich. Schließlich hatte er die Wahl der Schülervertreter organisiert und raufte sich seit Längerem schon die Haare, weil alles so dermaßen aus dem Ruder lief.

Lisa sprach am selben Abend noch mit Quentin. Bei Orangensaft und Wein und in Gesellschaft von Einstein. Sie erzählte ihm von Babette, dem Tennisclub im alten Gewerbegebiet und den jüngsten Vorfällen an der Schule. Dann kam sie auf ihren Plan zu sprechen.

»Sag bloß, du hast mir eine Rolle in diesem Spektakel zugedacht?«

»Du kennst mich schon besser als meine eigene Mutter«, sagte Lisa. »Es ist keine große Sache, Quentin, und du wärst auch nicht allein. Aber du würdest uns extrem helfen!«

In einer solch schwierigen Angelegenheit musste sich Quentin erst mit Einstein beraten. Der Kater erhob jedoch keine Einwände, und damit war Lisas Onkel engagiert.

20

DANN KAM DER FREITAG. An der Schule herrschte eine seltsam ausgelassene Stimmung. Viele Schüler waren auffällig überdreht, liefen mit geröteten Wangen und leuchtenden Augen über den Schulhof und wussten nicht, wohin mit sich.

»Ist irgendetwas passiert?«, fragte Sandra Müller in der großen Pause. Misstrauisch beäugte sie das Treiben auf dem Pausenhof. Auch Clarissa hatte ein komisches Gefühl, eine Vorahnung, die nichts Gutes verhieß. Sie winkte Andi Schulze beiseite. »Ich will nicht, dass du heute Werbung für mich machst«, sagte sie. »Es herrscht eine seltsame Stimmung, und ich möchte nicht, dass meine Umfragewerte kippen.«

»Warum sollten sie das tun?«, erwiderte Schmacht-Schulze. »Du liegst weit vorne, aber wenn du meinst …«

Damit schlenderte er davon und stieg auch nicht wie sonst auf die Kiste. Vielleicht hatte Clarissa ja recht. Heute war Freitag der 13., aus den Alpen zog Föhn herüber, und die Vorhersagen diverser Horoskope mahnten zur Vorsicht. »Bloß nicht zu weit aus dem Fenster lehnen«, murmelte Schmacht-

Schulze. Denn auch sein Stern stand hoch am Himmel. Und dort sollte er noch eine Weile hell und strahlend scheinen.

Als der Unterricht zu Ende war, wartete Clarissa vor der Tür der Klasse 9 c. »So sieht man sich wieder«, sagte sie leise, als Leander herauskam. »Du hast die Aufnahmeprüfung bestanden, die Gruppe trifft sich heute Abend um 18.00 Uhr bei mir. Von dort fahren wir los.«

»Wir fahren?«, fragte Leander.

»Nimm dein Rad mit«, erwiderte Clarissa. »Wo ich wohne, weißt du ja noch …« Sie machte auf dem Absatz kehrt, tauchte in der Menge der Schüler unter und war so schnell verschwunden, wie sie erschienen war.

»Jetzt geht's los«, murmelte Leander. Er straffte die Schultern, und das prickelnde Gefühl von Kraft und neuer Stärke lief durch seine Adern. Wie Brause durch einen Strohhalm, kühl und erfrischend.

Am frühen Abend betraten Sergio und Jenny den Trödelladen. Lisa und ihr Onkel verstauten gerade zerknitterte Girlanden, Teppiche, mottenzerfressene Vorhänge und einen Grill in Quentins Wagen. »Gut, dass wir uns für das Auto entschieden haben«, sagte Lisa, und Frau Hartenstein lächelte dankbar.

Herr Bronski wollte mit dem Fahrrad zur großen Kastanie kommen, das hieß, sie waren vollzählig.

»Dann geht's los«, sagte Lisa. »Wenn wir ankommen, parkst du am besten ein Stück von der alten Kastanie entfernt.«

Sie lotste ihren Onkel durch den Freitagabendverkehr und hoffte, dass sie nicht im Stau stecken blieben. »Ihr müsst mir aber tragen helfen«, sagte Quentin. »Das ist ganz schön viel Zeug.« Er suchte sich eine etwas ruhigere Nebenstraße und ging aufs Gas. Fünf Minuten später waren sie da, räumten das Auto aus und liefen zur großen Kastanie.

Herr Bronski war schon da. »Ich komme mir vor, als wäre ich selbst wieder Schüler«, sagte er.

Quentin schüttelte den Kopf. »Erinnern Sie mich bloß nicht daran.«

Lisa lachte und warf einen Blick auf die Uhr. »Wir haben jede Menge Zeit. Ich werde also noch einmal den Ablauf erklären.«

Die Umstehenden nickten.

»Jenny, Sergio, Quentin und ich gehen auf das Gelände des alten Tennisvereins und dekorieren es um.« Sie deutete auf den Trödel, den sie mitgebracht hatten. »Anschließend schmeißen wir den Grill an, und Quentin sorgt dafür, dass das Fleisch richtig schön anbrennt. Sergio kümmert sich um die Musik, und wir nehmen die ersten Gäste auf dem Grundstück in Empfang. Unsere Lehrer«, und hier nickte sie Frau Hartenstein und Herrn Bronski zu, »betreten das Grundstück nicht. Sie stehen vor dem kleinen Tor und begrüßen die Ankommenden mit Handschlag. Damit minimieren wir die Lust, zum Club zu gehören, auf null.«

»Na, herzlichen Dank«, warf Herr Bronski ein, und alle lachten.

»Bitte nehmen Sie das nicht persönlich«, sagte Lisa. »Wir beziehen uns nur auf eine Studie von Leanders Vater.« Frau Hartenstein hatte Mühe, das Lachen zu unterdrücken. »Vielleicht hilft es, wenn wir sagen, wir seien ebenfalls Mitglieder des Clubs?«, fragte sie.

»Ja, perfekt!«, sagte Lisa. »Besser geht es gar nicht.«

Der kleine Trupp setzte sich in Bewegung, und wenig später öffnete Sergio das Tor zum Grundstück des Tennisvereins. Herr Bronski und Frau Hartenstein setzten keinen Fuß auf das Gelände, sie sollten sich nicht durch unbefugtes Betreten eines fremden Grundstücks in Schwierigkeiten bringen. Sie postierten sich, wie besprochen, auf dem Weg vor dem Gartentor. Quentin hatte damit weniger Probleme. Er hatte in seiner Jugend schon viele fremde Grundstücke betreten, und ein verlassenes Vereinsheim war »Pipifax« für ihn, wie er sagte. Gemeinsam mit den Mädchen lief er über den Tennisplatz und kam aus dem Staunen nicht mehr heraus.

»Äußerst romantisch«, sagte er.

»Oh shit, die haben sogar einen Pool!«, rief Jenny.

Und jede Menge Spaß, dachte Lisa, als sie all die Sonnenstühle und bunten Schirme sah. »Super«, raunte sie.

Jenny schüttelte den Kopf, sie hatte sich schon wieder gefangen. »Vergiss nicht, was für eine Angst der Club Babette eingejagt hat und wie gefährlich er wirklich ist. Also los jetzt!«

Quentin baute den Grill auf, schüttete Holzkohle hinein und zündete sie an. Erste Flammen leckten am alten Eisen, und es roch, als verbrannte jemand Gummi. Lisa und Jenny rollten auf dem Tennisplatz jede Menge alter Teppiche aus. Dann hängten sie die mottenzerfressenen Vorhänge über Zäune und Latten, und bald wirkte der Tennisplatz wie ein löchriger Flickenteppich.

Die Girlanden waren das Sahnehäubchen der Dekoration, sie vermittelten den billigen Schick entgleister Faschingspartys. Nun sah es auf dem Grundstück aus wie bei Hempels unterm Sofa.

Währenddessen bastelte Sergio an der Musikanlage herum. Er klemmte einen Stick in einen der Anschlüsse und programmierte ihn mit ausgesuchten Songs. Die konnte er, im Fall der Fälle, mittels einer App von seinem Handy steuern. Dann machte er den Soundcheck. *Rote Lippen soll man küssen* in der Version von Peter Kraus, *Seemann, deine Heimat ist das Meer* von Freddy Quinn und andere Perlen längst vergangener Musikgeschichte.

»Muss das sein?«, rief Quentin aus dem Garten herüber. »Das ist ja nicht auszuhalten!« Er legte drei Koteletts auf den Grill, ließ sie ordentlich verbrutzeln, und bald schon roch es meilenweit nach stark verbranntem Fleisch. Lisa ließ ihren fachmännischen Blick über das Grundstück kreisen und schickte eine SMS an Leander – es konnte losgehen!

Zur selben Zeit klingelte Leander an der Wohnungstür von Clarissa. Sie wohnte in einer geräumigen Dachwohnung im Glockenbachviertel, ihre Eltern und die Geschwister schienen nicht zu Hause zu sein. Dafür aber war der Club vollzählig, und jeder Einzelne von ihnen begrüßte Leander mit Handschlag: Mike Landauer, Jean Diabang, Sandra Müller, Korbinian Treter, Lutz Kaimann, Clarissa und viele andere mehr.

»Leander ist der erste Vorschlag unserer neuen Schülervertreterin«, rief Rainer Kabelbinder, und die Menge applaudierte.

»Dann können wir jetzt endlich los«, rief Korbinian. »Es wird langsam etwas voll hier drin.«

Die Mitglieder des Clubs verließen die Wohnung, polterten die Stufen hinunter und sperrten ihre Fahrräder und Mofas auf.

»Ist es weit?«, fragte Leander, warf einen kurzen Blick auf sein Handy und schwang sich aufs Fahrrad.

»Folge uns einfach, dann siehst du es schon!«, rief Sandra Müller, setzte sich auf ihr Mofa und fuhr los.

Das tat Leander, doch bereits nach fünf Minuten wusste er, dass dies nicht der Weg ins alte Gewerbegebiet war. Er bekam schweißnasse Hände und musste sich anstrengen, nicht vor Wut loszubrüllen. Wenn der Club nicht das Vereinsheim aufsuchte, war alles umsonst gewesen. Sämtliche Vorbereitungen, die Einladungen, einfach alles.

»Wir machen einen kurzen Umweg über die Villa von Mike«, rief Clarissa. Ihre Haare flatterten im Wind, und die Vorfreude auf den Abend hatte Farbe in ihr Gesicht gezaubert.

Mike holte nur ein paar Flaschen Whiskey und Prosecco aus dem Keller seines Vaters. Dann setzte die Gruppe ihre Fahrt fort, und Leander atmete auf. Sie fuhren ins alte Gewerbegebiet, hatten mittlerweile eine Verspätung von circa zehn Minuten, und vielleicht war das gar nicht so schlecht.

21

FÜR EINIGE SCHÜLER des Städtischen war heute ein besonderer Tag: Endlich hatte der Club sie aufgenommen und zur Party eingeladen. Leider waren sie gebeten worden, mit niemandem darüber zu sprechen, und manche von ihnen zerriss es fast vor Anspannung. Ob sie das einzige neue Mitglied waren? Oder gab es noch jemand anderen? Vielleicht sogar mehrere, denn Schmacht-Schulze hatte ja deutlich erklärt, dass bald eine Menge neuer Schüler dazugehören sollten.

Also hatten sie sich in Schale geworfen oder auch nicht, waren ins Fitnessstudio, zum Hairstyling und ins Nailstudio gegangen, in Busse oder auf ihr Fahrrad gestiegen und bewegten sich nun auf die alte Kastanie zu. In ihren Händen hielten sie den Lageplan und freuten sich, auf andere zu treffen, die ebenfalls den Weg suchten.

»Auch neues Mitglied?«

»Ja, du auch? Freut mich.«

»Weißt du, wie wir dorthin kommen?«

Immer mehr Schüler des Städtischen trafen aufeinander,

stolperten über grasbewachsene Wege, halfen sich gegenseitig, und die Ersten waren fast schon da, als sie auf Frau Hartenstein stießen.

»Schön, dass ihr pünktlich seid!«, rief die Lehrerin. »Ich zeige euch den Weg!« Und dabei fuchtelte sie mit den Armen durch die Luft, als wollte sie einen Schwarm Mücken vertreiben. »Blöde Biester«, schimpfte sie. »Ich hoffe, ihr habt was zum Einschmieren dabei, sonst seht ihr in kürzester Zeit aus wie Streuselkuchen.«

»Was machen **Sie** denn hier?«, fragte ein Junge aus der Unterstufe.

»Ich gehöre zum Club«, zwitscherte Frau Hartenstein. »Nur weiter, hier geht's lang.«

Die Schüler hatten den ersten Schreck kaum verdaut, als sie auf Herrn Bronski trafen. »Ich wusste gar nicht, dass Lehrer im Club sind«, flüsterte ein Mädchen aus der Mittelstufe und drehte sofort um. Nichts gegen die Hartenstein und den Bronski, aber die musste sie schon an den Vormittagen ertragen.

»Hallo, hallo«, begrüßte Herr Bronski das erste Grüppchen. »Hier geht's rein, durch das Gartentor. Einer nach dem anderen und nicht drängeln.« Jetzt setzte die Musik ein, und die Neuankömmlinge runzelten die Stirn.

»Nicht so ängstlich, immer hereinspaziert.«

»Was riecht denn hier so komisch?«, fragte ein Mädchen.

»Wir grillen«, sagte Herr Bronski, während Jürgen Drews *Ein Bett im Kornfeld* sang.

Die Schüler quetschten sich durchs Tor und erstarrten. Auf

dem Grundstück sah es aus wie auf einem Zeltlager, durch das ein Wirbelsturm gefahren war. Überall lagen mottenzerfressene Tücher und Teppiche, und dann diese Girlanden. Am Grill stand ein Erwachsener, und irgendjemand machte grauenhafte Musik.

»Also, das ist nichts für mich«, sagte ein Mädchen aus der Mittelstufe. »Ich habe immer gedacht, der Club wäre irgendwie … na, egal.« Sie grinste entschuldigend und verschwand.

»Warte«, rief ein Typ aus der Oberstufe. »Ich komme mit.« Und so reagierten einige. Trotzdem wurden es nach und nach immer mehr Schüler, der Tennisplatz füllte sich.

»Wir haben leider nur warme Getränke«, erklärte Sergio.

»Dafür ist das Fleisch fertig«, rief Quentin und sah auf die Uhr. »Wann kommen denn die anderen Eltern?«

Dieser Satz vertrieb noch einmal zehn Schüler.

Lisa lächelte. »So ist das im Club: **Wir sind offen für jeden.**«

In diesem Moment piepste ihr Handy. **Sind in fünf Minuten da,** lautete die SMS, und es war klar, wer sie geschickt hatte.

Lisa nickte Jenny zu. »Es ist so weit«, sagte sie. Dann ging sie zu Quentin hinüber. »Lasst uns gehen, sie kommen.«

Sie nahmen auch Frau Hartenstein und Herrn Bronski mit, nur Sergio blieb zurück. In dem ganzen Wirbel würde niemand merken, dass er nicht aufs Städtische ging und so gut wie gar nicht dazugehörte. Er wollte in der Nähe von Leander bleiben, und Lisa war ihm mehr als dankbar dafür.

Die Gruppe von Lisa und Jenny nahm einen kleinen Umweg und versteckte sich im Schatten der Hecken. Erst als sie die Mofas vorbeifahren hörten, wagten sie sich aus ihrer Deckung und liefen zu Quentins Wagen. »Danke, Herr Bronski«, flüsterte Jenny.

Der Lehrer grinste. »Wenn du Schülersprecherin wirst, versprichst du mir bitte ernste Themen.«

»Es heißt **Schüler**sprecherin«, wisperte Jenny. »Für die Themen bin ich nicht zuständig.« Sie winkte ihm zu, und er brauste davon. Auch Quentin fuhr los und brachte als Erstes Frau Hartenstein nach Hause. »Hoffen wir, dass es was gebracht hat«, sagte sie und versprach, demnächst mal im Trödelladen vorbeizukommen. »Genau dorthin fahren wir jetzt«, sagte Quentin und blickte über die Schulter auf die Rückbank. »Oder soll ich dich nach Hause bringen, Jenny?«

»Auf keinen Fall«, keuchte sie. »Es ist Freitag.«

Kurze Zeit später saßen die Freundinnen mit Quentin im Trödelladen. Lachend ließen sie die Ereignisse Revue passieren und fragten sich zwischendurch immer wieder, wie sich der Abend wohl entwickelt hatte und wie es Leander und Sergio erging.

Die vielen Fahrräder an der Kastanie fielen als Erstes auf. Dann der Geruch nach verbranntem Fleisch und die leisen Klänge alter Schlager. »Gibt es hier ein weiteres Grundstück, das genutzt wird?«, fragte Rainer Kabelbinder und kniff die Augen zusammen. Mike zuckte mit den Schultern. »Möglich, das Gelände ist riesig.«

Aber je näher sie zum Clubhaus kamen, umso besorgter guckten sie. »Hey, da sind Leute auf unserem Grundstück«, rief Jean Diabang. Die Clubmitglieder rannten zum Tor, öffneten es und quetschten sich hindurch.

Dann blieben sie stehen und starrten mit offenen Mündern auf die Ansammlung von Schülern, die zwischen bunten Teppichen und Tüchern stand und an ihrer lauwarmen Cola nippten.

»Seid ihr verrückt?«, rief Rainer Kabelbinder. »Was macht ihr hier, was soll das alles?«

»Wir sind die neuen Mitglieder«, sagte ein Mädchen. Sie schwenkte einen Brief und schien etwas genervt. Auch die anderen hatten Briefe in der Hand und riefen: »WIR GEHÖREN JETZT DAZU!«

Rainer Kabelbinder wandte sich an Leander. »Hast du etwas damit zu tun?«, blaffte er.

»Spinnst du?«, erwiderte Leander. »Bis vor zwei Minuten wusste ich nicht mal, wohin wir fahren.«

»Also doch Babette«, sagte Rainer, doch Sandra Müller schüttelte den Kopf. »Das kann ich ausschließen, die liegt mit hohem Fieber im Bett, glaub mir.«

In diesem Moment erklang *Für dich soll's rote Rosen regnen*, und das war der Tropfen, der das Fass zum Überlaufen brachte. Rainer Kabelbinder drehte durch. »HÖRT MAL HER, IHR SCHEISSER!«, schrie er. »Das hier ist Privatgelände, eure Briefe sind ungültig, und Leute wie euch brauchen wir nicht. Ihr habt unser Grundstück total verschlampt, spielt schlechte Musik und meint, ihr seid die

Größten. Aber da habt ihr euch vertan – die Größten sind immer noch wir!«

Er verstummte, das Lied brach ab, und in der darauffolgenden Stille hätte man eine Stecknadel fallen hören können.

»So ist das also«, sagte der kleine Max aus der Unterstufe. »Das ist ja ganz toll. Ich danke dir für die ehrlichen Worte und werde Moritz wählen. Denn er ist gegen den Club!« Damit drehte er sich um und ging.

Sprachlos starrte ihm der Club hinterher.

»Wir lassen uns doch nicht von einer Kröte aus der Unterstufe sagen, was wir zu tun oder zu lassen haben«, brüllte Mike Landauer.

»Hast du Max gerade eine Kröte genannt?«, fragte ein Mädchen, das schon etwas älter aussah, ihre Stimme vibrierte vor Zorn. »Die einzigen Kröten, die ich hier sehe, seid ihr. Ihr haltet euch für die Größten, vegetiert auf einem verlumpten Gelände, habt Lehrer und Erwachsene nötig und verschickt falsche Briefe. Ein toller Club seid ihr, ich bin nur froh, da nicht mitmachen zu müssen!« Und damit verschwand auch sie und mit ihr viele andere.

»Das merken wir uns«, rief Korbinian Treter. »Jeden Einzelnen von euch haben wir registriert.«

Aber damit war er nun endgültig zu weit gegangen.

»Registriert?«, entgegnete ein Typ aus der Oberstufe. »Ich möchte, dass du mir auf der Stelle erklärst, was das bedeutet.«

»Wir machen euch fertig«, rief Korbinian. Sandra und Clarissa wollten ihn stoppen, aber da war nichts mehr zu machen.

»Wir ekeln euch von der Schule, vergraulen eure Freunde, vermiesen eure Noten …«

Der Typ aus der Oberstufe nickte. »Ich möchte alle Anwesenden, die einen Brief bekommen haben, dringend bitten, das Gelände jetzt mit mir zu verlassen. Wir sind hier nicht willkommen und gehen. Einen schönen Abend noch.«

Dann stellte er sich ans Tor und achtete peinlich genau darauf, dass auch wirklich alle gingen und niemand zurückblieb.

»Ich komme mit dir«, sagte Leander. »Es gefällt mir hier ganz und gar nicht. Und eine Mitgliedschaft lehne ich ab.« Er zwinkerte Sergio zu, der neben ihm durchs Tor schlüpfte. Und dann waren sie auch schon draußen und liefen in einer Horde von aufgebrachten Schülern zur Kastanie zurück.

»Trödelladen?«, fragte Leander leise, und Sergio nickte.

Im Trödelladen wurden die Jungs schon gespannt erwartet.

Jenny sprang auf. »Und?«, rief sie aufgeregt. Lisa umarmte Leander, und Quentin brachte ein paar Flaschen Limonade. »Ruht euch ein bisschen aus, ich fahre euch später mit dem Auto heim.«

Nun wollten natürlich alle wissen, ob der Plan aufgegangen und wie das Aufeinandertreffen verlaufen war. Leander und Sergio erzählten abwechselnd, und die Mädchen trauten ihren Ohren kaum. »Solche Sachen hat Rainer gesagt?«, fragte Jenny und schüttelte ungläubig den Kopf. »Mike und Korbinian wurden noch härter«, erwiderte Leander.

»Die ganze Bande war schräg drauf«, sagte Sergio. »Ich

glaube, die denken mittlerweile wirklich, dass sie etwas Besseres sind.«

Quentin machte sich nun doch Vorwürfe. »Das hätte ganz schön ins Auge gehen können. Ich habe mich einfach zu wenig um die Sache gekümmert«, sagte er. Doch Lisa schüttelte den Kopf. »Du hast deine Grillkünste eingebracht, und das war hervorragend!«

Alle lachten und konnten gar nicht mehr aufhören.

»Wir haben allerdings nach wie vor nicht die geringste Ahnung, wer hinter der ganzen Sache steckt«, sagte Lisa plötzlich.

»Ja, das wissen wir immer noch nicht«, sagte Leander. »Seltsam.«

Und das war es, in der Tat.

22

AM NÄCHSTEN MORGEN klingelten Jenny und Lisa bei Familie König.

»Wir möchten zu Babette«, sagte Jenny, und Frau König freute sich, endlich mal wieder vertraute Gesichter zu sehen. »Jenny«, rief sie. »Wo hast du denn die ganze Zeit über gesteckt? Kommt doch rein, ihr beiden!« Babette lag zwar noch im Bett, aber das Fieber war gesunken, und sie sah schon besser aus. Als ihre Freundinnen das Zimmer betraten, schreckte sie hoch. »Um Gottes willen, ihr solltet doch nicht kommen! Wenn euch jemand gesehen hat!«

»Beruhige dich«, sagte Jenny. »Die Dinge haben sich geändert.«

Lisa zog ihren Laptop aus der Tasche, dann öffnete sie die Seite auf Facebook. »Da, lies«, sagte sie und reichte ihrer Freundin den Laptop. Babette scrollte durch die Postings und traute kaum ihren Augen:

Der Club soll sich verpissen, solche Leute brauchen wir nicht. Wer so eingebildet und überzeugt von sich selbst ist, kommt auch ohne uns klar.

Aber es kam noch krasser.

Ich schäme mich, dass ich jemals Mitglied sein wollte, hatte einer geschrieben. Und ein anderer hatte geantwortet: **Wir konnten nicht wissen, dass der Club mit Eltern und Lehrern kollaboriert und nichts weiter ist als gequirlte Arroganz.**

Ungläubig schüttelte Babette den Kopf. »Das kapiere ich nicht. Was heißt das, der Club kollaboriere mit Eltern und Lehrern? Was ist denn passiert?«

Jetzt erzählte Jenny die ganze Geschichte, und zwar von Anfang an. An manchen Stellen fügte Lisa etwas hinzu oder kommentierte den Bericht mit witzigen Einschüben, und über Babettes Gesicht rutschte ein Leuchten. Anfangs nur ein kleines, unsicheres, doch dann strahlte sie wie die Sonne. »Das heißt, den Club gibt es nicht mehr?«, fragte sie vorsichtig.

»Ach, so würde ich das nicht sagen«, sagte Jenny. »Es wird sich nur niemand mehr für ihn interessieren.«

Sie klickte auf YouTube und gab *Der Club – die Party* ein, und nun konnten sie sehen und hören, wie Rainer Kabelbinder verbal entgleiste, anschließend Mike Landauer, zuletzt Korbinian Treter. Die Reden von Rainer und Korbinian waren etwas abgeschnitten, aber das machte nichts. Es ging ja nicht um das, was sie sagten, sondern um das, was sie dachten. Um ihre Haltung und Einstellungen. Und die traten in dem Video deutlich zutage.

»Wer hat den Film gemacht?«, fragte Babette. Aber das wussten die Mädchen nicht, und im Prinzip war es auch egal.

Babette grinste und sprang aus dem Bett. »Ich fühle mich

so gesund wie schon lange nicht mehr.« Dann sah sie Jenny und Lisa an und entschuldigte sich. »Ich weiß nicht, was in mich gefahren ist, ich wollte unbedingt dazugehören. Und das war auf einmal wichtiger als alles andere. Sogar wichtiger als unsere Freundschaft. Das tut mir so leid.«

Die Freundinnen nickten. »Eins ist aber immer noch unklar«, sagte Lisa. »Wer hat diesen Club ins Leben gerufen, und warum? Hast du das herausfinden können?«

»Anfangs habe ich geglaubt, der eigentliche Drahtzieher sei Rainer Kabelbinder«, sagte Babette. »Aber er war es nicht. Er macht nur einen auf dicke Hose, weil er bei drei Brüdern zu Hause nichts zu melden hat. Später dachte ich, es sei Mike Landauer. Schließlich war er das erste Mitglied, und der Tennisverein gehört seinem Onkel. Aber dann hat Mike mich gefragt, ob ich wüsste, wer der Anführer sei.«

»Das muss nichts heißen«, sagte Lisa. »Er kann sich verstellt haben.«

»Das diskutieren wir später«, erwiderte Jenny und schulterte ihren Rucksack. »Wir gehen jetzt zu Leander in den Hof, und du, liebe Babette, kommst mit.«

Die Freundinnen mussten allerdings noch warten, bis Babette sich geduscht und ihrer Mutter Bescheid gegeben hatte.

»Wohin geht ihr denn?«, fragte Frau König, doch dann schüttelte sie den Kopf. »Das geht mich eigentlich überhaupt nichts an. Ich wünsche euch einen schönen Nachmittag!«

»Ist da irgendwas passiert?«, wisperte Jenny.

»Jede Menge«, erwiderte Babette und lachte.

Im Hinterhof in der Reichenbachstraße saßen Leander,

seine Eltern und Sergio. »Keine Sorge«, erklärte Leanders Mutter. »Wir sind gleich weg. Wir wollten nur noch mal in allen Einzelheiten hören, wie der gestrige Abend verlaufen ist.«

»Leider wissen wir immer noch nicht, wer den Club ins Leben gerufen hat«, erwiderte Lisa.

»Nein?« Leanders Vater schien erstaunt. »Eigentlich dürfte das nicht so schwierig sein. Vielleicht kann ich euch mit einer letzten, kurzen Erläuterung weiterhelfen?«

»Oh nein«, stöhnte Leanders Mutter. »Wir wollten doch los.« Sie wandte sich an ihren Sohn. »In der Küche gibt es Spaghetti Bolognese, und im Kühlschrank findet ihr Cola und Fruchtbowle.« Sie winkte und schlüpfte in ihre Schuhe.

»Ich komme gleich«, rief ihr Mann und stand auf. »Also: Da treffen sich Jugendliche in einem Clubhaus, haben Spaß, verbringen ihre Freizeit zusammen und veranstalten am Wochenende Partys. Was wäre dagegen zu sagen? Nichts. Aber das ist ja nicht alles. Sie kleben Plakate, initiieren vermutlich Facebook und machen um alles ein großes Geheimnis. Es geht nicht um den Spaß in der Gruppe, sondern um die öffentliche Aufmerksamkeit, den hohen Verbreitungsgrad und das absolute Alleinstellungsmerkmal.«

»Warum?«, fragte Lisa. »Weil sie etwas Besonderes sein wollen?«

»Das kam sicherlich irgendwann dazu«, erwiderte Leanders Vater. »Aber nur, weil sie dachten, tatsächlich auserwählt worden zu sein. Auf gar keinen Fall war die Aktion eine gemeinschaftliche der Mitglieder. Da stecken ein oder zwei Leute dahinter, die die anderen funktionalisiert haben.

Und die ein bestimmtes, sehr persönliches Interesse verfolgen, für das sie breite Aufmerksamkeit benötigen.« Mit diesen Worten verschwand er, Leander holte die Getränke, und die Freunde machten es sich bequem. Aus den Hinterhöfen war der Lärm von Fußballspielern zu hören, irgendwo knatterte ein Radio, und der Geruch von Grillfleisch zog herüber. »Seit gestern habe ich eine Aversion dagegen«, sagte Jenny.

Doch die anderen hörten gar nicht zu, jeder hing seinen eigenen Gedanken nach. »Ich hab's vorhin schon gesagt«, erklärte Babette. »Aus meiner Sicht scheiden sowohl Rainer als auch Mike aus. Wofür hätten sie die öffentliche Aufmerksamkeit gebraucht?«

»Die könnte ich brauchen«, sagte Jenny. »Für meine Wahl am Montag. Aber ich war ja nicht dabei.«

»Du nicht«, sagte Sergio, »aber ...« Er musste nicht weiterreden.

»Clarissa«, riefen die anderen wie im Chor.

»Natürlich!« Leander schlug sich mit der flachen Hand gegen die Stirn. »Den größten Nutzen aus dem Club zieht sie! Vorher kannte man sie doch höchstens in ihrer eigenen Klasse. Sie hat nicht besonders viele Freunde am Städtischen, ein paar Mädchen aus ihrem Jahrgang, ein oder zwei Typen aus der Oberstufe ...«

»Rainer Kabelbinder vielleicht?«, fragte Lisa.

»Das weiß ich nicht. Aber wenn, hätte er ihr problemlos helfen können. Die zwei gründen einen Club mit coolen und irgendwie besonderen Leuten. Ganz zum Schluss wird dann Clarissa aufgenommen und verkündet, dass sie Schülersprecherin werden will. Sie war doch innerhalb eines Tages der Star der Schule!«

»Und was ist mit den anderen?«, fragte Babette. »Mit Sandra Müller oder Jean Diabang?«

»Du hast meinen Vater gehört«, sagte Leander. »Vermutlich waren sie nur traurige Opfer. Aber das werden wir wohl nie erfahren.«

»Ob Schmacht-Schulze dazugehörte?«, fragte Lisa.

Babette schüttelte den Kopf. »Nein, das wüsste ich. Aber meine Sorgen gelten der Tatsache, dass ich Mitglied war.«

»Glücklicherweise ein sehr kluges«, erwiderte Jenny. »Du hast dich nie geoutet, nichts gepostet, und außer den anderen Mitgliedern weiß niemand, dass du dabei warst.«

»Außerdem hast du uns«, sagte Lisa. »Und wir werden jede Mitgliedschaft deinerseits vehement bestreiten.«

Sie klang wie eine Pressesprecherin oder wie Schmacht-Schulze in seiner besten Zeit, und Babette bedankte sich überschwänglich.

Dann liefen alle in die Küche, machten sich über die Spaghetti her und probierten die Fruchtbowle. Anschließend stromerten sie durch die Hinterhöfe, kickten ein paar Bälle auf dem Bolzplatz und ließen es sich gut gehen.

Als sie auf die Terrasse zurückkehrten, wurde es langsam dunkel. Leander legte Musik auf und küsste Lisa.

»So.« Jenny fühlte sich plötzlich an etwas erinnert. »Und jetzt will ich alles ganz genau wissen. Wie lange geht das schon mit euch beiden, und wieso haben wir nichts davon bemerkt?«

»Du hast nichts bemerkt«, sagte Babette. »Wegen der Sache mit der Schülervertretung und überhaupt.«

Treffer gelandet, Treffer versenkt.

Doch Jenny war nicht böse, Babette hatte ja recht. »Dann hoffe ich mal, dass mir das mit der Schülervertretung erspart bleibt«, sagte sie. »Und ich in Zukunft mehr Zeit habe!«

»Apropos Zukunft«, sagte Leander, griff in ein Regal und holte einen seltsamen Kasten heraus. »Habt ihr Lust auf Bleigießen? Das ist ein besonderes Hobby meiner Eltern …« Ohne eine Antwort abzuwarten, zündete er einen Bunsenbrenner an, erhitzte Blei und ließ es in kaltes Wasser tropfen. »Na, wonach sieht das aus?«

Es sah eindeutig nach einer Insel aus, und Leander erklärte, dass er mit Lisa dort hinfahren würde. Sergio goss ein Kamel und behauptete, das sei er selbst. Jenny kreierte einen Blumentopf, ein deutliches Zeichen, dass man sie zur Leiterin der Bundesgartenschau ernennen würde, Lisa goss eine Katze und war überzeugt davon, dass es sich um Einstein handelte. Und dann kam Babette. Das Blei zischte, als es ins Wasser tropfte, Babette griff mit der Zange danach und hielt es ins Kerzenlicht: Es handelte sich um ein C.

»C wie der Club«, wisperte Babette und riss die Augen auf.

»Es ist eindeutig ein S«, erwiderte Jenny. »S wie Schulpsychologe. Und zwar gleich am Montag.«

Die Freunde lachten, doch Babette fand den Gedanken ganz gut. »Ich muss mir aber sehr schnell einen Termin holen. Der wird jetzt vermutlich auf Wochen ausgebucht sein.«

Alle nickten, und diesmal lachte keiner.

23

AM WOCHENENDE hatte sich die ganze Geschichte bis in den letzten Winkel herumgesprochen, selbst die Lehrer und der Hausmeister wussten Bescheid. Und als am Montagmorgen die ersten Schüler am Städtischen eintrafen, standen zehn Aufsichtspersonen auf dem Schulhof, um für Ruhe und Ordnung zu sorgen. Die Schüler wurden gebeten, in ihre Klassen zu gehen, und keiner durfte sich länger als nötig auf dem Pausenhof aufhalten. Die Wahl zur Schülervertretung wurde nicht, wie angekündigt, in der Aula, sondern in den Klassenzimmern durchgeführt.

Alles blieb friedlich. Alles ging gut.

Und dann kam die große Pause. Die Schüler schossen aus ihren Klassenzimmern wie Kaninchen aus den Ställen, jagten auf den Pausenhof und formierten sich zu kleinen und größeren Gruppen.

»Wo sind die Mitglieder des Clubs?«, brüllten die einen. »Zeigt euch, ihr miesen Verräter!« Das waren die Enttäuschten, die den Versprechungen geglaubt und bis zum Schluss gehofft hatten, selbst in den Club aufgenommen zu werden.

»Wir sind alle gleich!«, riefen die anderen Enttäuschten, die sich wegen der veränderten Umstände auf alte Werte besannen.

»Keine Gnade für Rainer, Mike und Korbinian!«, riefen die Dritten. Das waren die, die Rache wollten.

»Was ist überhaupt mit Schmacht-Schulze?«, riefen die Vierten. Das waren die, die immer noch Respekt vor dem Club hatten und ihre Wut lieber an einem Unbeteiligten ausließen.

Aber da kam er auch schon. Furchtlos stiefelte Schmacht-Schulze über den Schulhof, guckte starr geradeaus und stieg auf die Kiste.

»Hast du es nicht kapiert?«, rief ein Junge. »Du bist das Letzte!«

»Das Allerletzte«, rief ein Mädchen. »Uns so zu verarschen!«

Äpfel und Eier flogen, doch Schmacht-Schulze stand wie eine Galionsfigur im aufkommenden Sturm und trotzte dem Wetter.

»Ich hol ihn jetzt da runter«, sagte Herr Bronski.

»Warten Sie noch«, erwiderte Frau Hartenstein. »Der Junge war ja schon des Öfteren für eine Überraschung gut.«

Und sie sollte recht behalten. Das Erste, was Schmacht-Schulze machte: Er entschuldigte sich. »Am Anfang war es nur Spaß, eine persönliche Herausforderung. Ich wollte wissen, wie der Club tickte und nach welchen Kriterien er seine Mitglieder aussuchte.«

»Bist doch selber eins«, rief die Menge, doch Schulze schüttelte den Kopf. »Es ist kein Geheimnis, dass ich gern eins geworden wäre, aber dazu ist es nicht gekommen. Jedenfalls schäme ich mich ...«

Wie früher zog Schmacht-Schulze die Hörer in seinen Bann, die Zwischenrufe verstummten, und jetzt waren alle ganz Ohr.

»Ich schäme mich für mein Verhalten, ohne mich wäre es vielleicht gar nicht so weit gekommen. Aber ich schäme mich auch für euch. Denn ohne euch wäre es auch nicht so weit gekommen!«

Damit stieg er von der Kiste und ließ seine verblüfften Zuhörer einfach stehen. »Ich glaube, wir müssen ihn da rausholen«, rief Frau Hartenstein, doch diesmal schüttelte Herr Bronski den Kopf. »Warten Sie noch«, sagte er, und dann konnte man es hören: Die ersten Schüler applaudierten. Anfangs waren es nur wenige, und es klang wie das sanfte Prasseln von Regentropfen auf einem Dach. Doch dann wurden es immer mehr, der Applaus nahm zu, und schließlich klatschte fast der gesamte Schulhof.

Nicht, weil sich alle schämten, das dann doch nicht. Aber Schulze hatte deutlich gemacht, dass Opfer sehr schnell zu Tätern werden konnten. Oder andersherum. Und dass es jedem so gehen konnte, den Auserwählten wie den Hoffenden.

»Schulze, Schulze«, skandierten die Schüler des Städtischen.

Also ging er noch einmal zurück, stieg ein letztes Mal auf die Kiste, und es wurde still. »Ich habe noch etwas vergessen«, sagte er. »Die Mitglieder des Clubs sind da auch in etwas hineingeraten. Genau wie ich oder ihr. Also lasst sie in Frieden.«

»Wer hat den Club geleitet, wer hat sich das alles ausgedacht?«

Doch Schmacht-Schulze war nicht viel schlauer als die anderen. »Ich habe keine Ahnung.«

Damit stieg er endgültig von der Kiste und verließ den Pausenhof.

Die Stimmen bei der Wahl zur Schülervertretung waren bis zum Mittag ausgezählt und sorgten für eine Überraschung: Gewonnen hatte der kleine Max aus der Unterstufe, und zwar haushoch. Er war auf dem Video zu sehen gewesen, und seine mutige Rede am Clubhaus war von vielen honoriert worden. Agnes König aus der Oberstufe hatte den zweiten Platz gemacht, und alle anderen gingen leer aus.

»Oje«, sagte Jenny, als sich die Freunde am Nachmittag im Trödelladen trafen. »Da habe ich wohl keine gute Figur gemacht.«

»Das kann ich mir nicht vorstellen«, sagte Sergio, und Babette, Lisa und Leander applaudierten. Einfach so, weil Jenny hart gekämpft, dennoch verloren und auch das sein Gutes hatte.

»Du hattest ja eh keine Themen außer dem Club«, sagte Lisa und bekam dafür ein altes Kissen an den Kopf.

»Genau«, rief Jenny. »Und ich weiß auch noch, wessen Idee das war!«

»Schluss mit diesen Geschichten«, entschied Sergio. »Ich gehe jetzt an die Isar schwimmen, kommt ihr mit?«

Jenny und Babette waren dabei. Leander und Lisa sahen sich an und schüttelten den Kopf.

»Ich glaube, wir beide gehen auf den Friedhof«, sagte Leander, und Sergio tippte sich mit dem Zeigefinger an die Stirn.

Sie saßen auf einer alten Grabplatte, über ihnen streckten steinerne Engel ihre Trompeten in den Himmel und spielten unhörbare Melodien für die Ewigkeit. Manchmal konnte man fast meinen, einen Ton zu hören, dachte Lisa, aber da ging vermutlich nur wieder ihre Phantasie mit ihr durch. Leander saß hinter ihr, und Lisa lehnte ihren Kopf gegen seine Brust. »Als du damals in den Laden gekommen bist, wusstest du, dass ich da war?«

»Nein«, sagte Leander und lachte. »Das war eine ziemliche Überraschung. Ich war ja etwas verstört, weil ich mich verfolgt fühlte, und dann stehe ich plötzlich ausgerechnet dir gegenüber. Ich habe mich wie der letzte Idiot verhalten.«

Lisa erinnerte sich gut an jenen Tag. Kurz zuvor hatte sie von Quentin diese schöne Kanne geschenkt bekommen. Wie lautete der Spruch gleich noch mal? **Die menschlichen Wesen, Pflanzen oder der Staub, wir alle tanzen nach einer geheimnisvollen Melodie** … Lisa lächelte, sie hatte gewusst, dass etwas passieren würde. Diese Hitze in der Stadt, die seltsame Stille. Und dann war Leander gekommen mit seinen eismeerblauen Augen und dem erschrockenen Blick.

»Wir werden wohl nie erfahren, wer dich verfolgt hat«, sagte Lisa.

»Ich weiß es schon«, sagte Leander. »Es war jemand vom Club. Sie haben alle beobachtet, die sie aufnehmen wollten, sagt Babette.«

Lisa lehnte sich zurück und überlegte. Leander hatte sich vom ersten Tag an verfolgt gefühlt. Gleich nachdem die Plakate aufgetaucht waren. Und wer hatte ihn als möglichen Kandidaten vorgeschlagen? Clarissa, aber erst Wochen später.

»Sie war es«, murmelte Lisa. »Clarissa. Sie hat alles von langer Hand geplant. Wahrscheinlich hat sie Rainer auf dich angesetzt oder einen ihrer Freunde.«

»Pst«, flüsterte Leander. »Kannst du das hören?«

Er deutete auf einen Engel mit Harfe, Lisa schloss die Augen, und Leander küsste sie. Die Klänge verwoben zu einem Schleier bezaubernder Töne, seltener Harmonien, und diesmal quietschte das Friedhofstor nicht. Es mussten die Harfen sein, ganz sicher.

Pink